中公文庫

C A G E
警察庁科学警察研究所特別捜査室

日野 草

中央公論新社

C O N T E N T S

CAGE（ケージ）

警察庁
科学警察研究所
特別捜査室

Ver. 1.0　琴平さん

人間はいつだって、自分の身に降りかかるかもしれない不幸から目を背けている。

そして、こう言うのだ。

『私だけは大丈夫』

都内で女性を狙った殺人事件が三件続いている中、クラブの明かりの下で能天気に騒ぐ若者たちがいい例だろう。

「あの子だよ」

そう言いながら琴平(ことひら)さんが指さした方向を、僕は見た。

一段高いところにあるDJブースに向かって若者たちが拳(こぶし)を振り上げ、飛び跳ねる姿は、古代の神殿の祭りの夜と何ら変わるところがないのかもしれない。

集団の片隅に、一組の男女がいた。女の子の方は、スカートは短いが服の布地は多めで、肌色率が少ない。肩まで伸ばした髪も自然な印象だ。他の女性たちの人工的でない箇所など欠片(かけら)もない姿と比べると、アンドロイドの群れに混じった唯一の人類という風情に見えた。

隣にいる男は背が高く、立派な体躯(たいく)をしている。黒い帽子を目深(まぶか)に被(かぶ)っており、顔は見えない。

男のほうがしきりに女の子に話しかけており、女の子もまんざらではない様子だ。

「……腹が立ちますね」

僕は囁(ささや)いた。

こんなにうるさい場所ではふつうに話しても周りに聞こえはしないだろうが、琴平さんと話すときは声をひそめるのが癖になっている。

「だったら今すぐ止めに入ったらどうかね。もっともそんなことをしたら、あの娘は、二度とここへは来ないだろうけど」

冗談めかした、だが厳しさを感じさせる口調に、僕は慌てて首を振った。

琴平さんのほうはまったく声量を気にしていない。彼の深くて甘い声は、音楽も嬌声(きょうせい)ものともせずに僕にだけ聞こえる。

僕は自分の左側へ顔を向けた。

そこに、琴平さんが立っている。

派手な照明のなか、真昼の木陰に立っている人物のように、眩しくもなく見えにくくもない、ほど良い存在感で。

僕は眼鏡(めがね)を押し上げて琴平さんを眺めた。

琴平さんはハンサムだ。

名前は忘れたが、熟年層向けの恋愛映画で誠実な夫役を演じていた俳優に似ている。紺色のスーツはちょっと型が古いが、そのくたびれた感じも魅力として映る。この姿が僕にしか見えないのは残念だ。

僕は女の子に視線を戻した。

そばにいる男がおどけるように帽子をずらした。つばの下から現れた目が鋭い光を放つ。カラーコンタクトを入れているらしい。女の子は口元に手をあてがって笑った。

「なかなかの二枚目じゃないか」琴平さんが言った。

心を焦がす感覚を嚙みしめつつ、僕は俯いた。

僕の着ている黒いシャツとレザーパンツは、どちらも今日ここに来るために買いそろえたものだ。僕には似合わず、衣装に着られている感じがぬぐえないだろう。しかもどちらも琴平さんに見繕ってもらった。

女の子がちょっと困ったように眉を寄せ、フロアの一部を指している。たぶん、トイレに行こうとしているのだろう。男はわきまえている素振りで両手を振った。

「チャンスだな」

「……そうですね」答えつつも、僕の心は緊張した。無意識のうちにレザーパンツの尻ポケットに隠したものを触っていた。

「迅君」琴平さんの声が尖った。

振り返ると、琴平さんは険しい目で僕を見つめている。深い眼差しは芳醇なコニャックのようだ。見ているだけで、胸の奥から敬意がこみあげてくる。

「なんでしょう」

琴平さんはふっと目元を緩めて、いつものやさしい声音に戻った。

「大丈夫だ、わたしがついている」

「……ありがとうございます」

僕は笑い、ふたたび女の子を見た。

女の子は人混みを抜けるのが下手なようだ。唇が動いているので、すみません、と言いながらなんとか進もうとしているのだろう。もちろんそんな声は、音楽とダンスに興じる若者たちには届かない。

僕のほうはというと、クラブには不慣れだが雑踏には慣れている。身をくねらせながら進むと、すぐに女の子に追いついた。

「この場では声をかけないんですよね？」

「そうだ。わたしの指示を覚えているだろう？　その通りにするんだ」

僕は横を見る。

琴平さんの体は、密集する若者たちの体を通り抜けてついてくるので、ちょっと不気味だ。

僕は正面に顔を向け直して頷いた。

トイレはフロア奥の通路に男女並んで設置されている。

女の子が通路に入るとき、僕は素早く天井を見た。監視カメラがある。でも大丈夫だろう。ここでやるわけではない。

女の子が女子トイレのドアに消えて行った。

僕は少し遅れて通路に入り、男子トイレのドア横の壁に寄りかかった。口元と脇腹に手をあてがい、俯く。

琴平さんは通路を挟んだ僕の正面に、待機するように仁王立ちになった。

しばらくして、女子トイレからさっきの女の子が出てきた。

僕は俯いたまま、茶色いサンダルの爪先(つまさき)が僕の視界に入り込むのを待って、蹲(うずくま)った。

「えっ」案の定、すぐに女の子が声を上げた。

かすかな躊躇(ちゅうちょ)を感じさせる間を置いて、少し離れたところから話しかけてくる。

「あの、大丈夫ですか……？」

僕は顔を上げた。

女の子と目が合う。

二十歳(はたち)ぐらいの年齢に見えた。化粧はしているが、まだ慣れていない。女性雑誌のメイクテクニック記事をそのまま真似したような鮮やかな色遣いで、おとなしげな顔立ちには不似合いだった。小柄で細い体は、制圧するのにちょうど良さそうだ。

僕は女の子に微笑(ほほえ)みかけた。

「ああ、どうも……ごめんなさい」

女の子の目からふっと警戒心が抜けた。

僕の顔は醜(みにく)いわけでもなければ、整いすぎてもいない。自分の顔の美点を研ぎ澄まし、女の子のハートを射貫(いぬ)こうなどと思ってもいないので、それが異性に安心感を与える。そういう意味では、僕の凡庸(ぼんよう)さは隙を誘う武器だ。

僕の視界の隅で、琴平さんがガッツポーズをした。

女の子は一歩、僕に近づいてきた。

「……ちょっと気分が悪くなって。人に酔った感じかな」苦笑を浮かべてみせる。「友達に連れて来られたんだけど、どっか行っちゃったんですよ。少し休憩すれば良くなると思うけど」

「あたしも同じです。友達は彼氏と姿を消しちゃった」

琴平さんの声が聞こえた。

「うまいじゃないか。本当に何も知らないみたいだ」

僕はにやりとしないよう、頬の内側を噛んで耐えた。

「じゃあ、こういうところにはあんまり来ないの？」口調に少量の親しさを混ぜた。

女の子は、目を細めて頷いた。

「今日が初めてです」

「僕は二度目。でも、やっぱりこういうところは駄目みたいだ。人間には向き不向きがあるよね」

大きく息を吐いて、ゆっくりと立ち上がる。

僕は痩せ型で、男にしては小柄だ。

「僕は相良（さがら）迅、二十四歳。ゲームアプリを作る会社で働いてる」嘘を混ぜた自己紹介をした。

「……イノウエナミです。十九です。大学生」僕の自己紹介につられて、女の子はあっさりと自分の個人情報を打ち明けてしまった。

井上菜実。

漢字まで調べてあるなどとはもちろん言わない。

「もう店を出ようと思ってるんだけど、良かったら――」

「あれ、菜実ちゃん、なにやってんの?」

男の軽薄な声に割って入られた。

僕は思わず眉を寄せた。琴平さんも壁際でがっくりと肩を落としていた。

菜実はぱっと僕から離れた。

「オイカワさん……」

目を向けると、フロアと通路の境目に男がいた。黒い帽子とグレーのトップス、あちこち擦り切れたブラックデニム。体つきは逞しい。さっき菜実に話しかけていた男だ。

オイカワは、両手を腰にあてがい、にじり寄るように僕たちのほうにやってきた。

「大丈夫？　ねえ、さっき話したカクテル飲もうよ」

僕など目に入らないかのように菜実の肩に腕を回し、連れて行こうとする。もちろん僕の存在に気づいていないわけではない。菜実を抱え込むとき、さりげなく僕の胸を肘で突いて行った。

菜実が、窺うように僕を見た。

だがそんな菜実のうしろで、琴平さんは自分の唇に指をあてがっている。

「今はやり過ごしなさい」

琴平さんは目で天井の監視カメラを示した。

僕は頷く。

だけど、いいんだろうか？

今、菜実を行かせてしまうのは、これからの行動に響くのではないだろうか。

「少し待って、またフロアに出るんだ」

「でも、それだと……」

僕の意識に、事前に琴平さんと打ち合わせておいた内容が過る。

このまま連れ出せればラクだったのに、そうできなかった場合には——

「大丈夫だよ」琴平さんはゆったりとした足取りで僕に近づいてきて、目の前に立った。

僕が顔を上げると、琴平さんは僕の肩に手を置いた。重さも、温度もない手だ。覗き込んだ瞳の色の深さに、僕はしばし見惚(みと)れた。

「君ならうまくやれる」

琴平さんに促(うなが)されて、僕はフロアへ戻った。

洪水のような音楽が押し寄せてくるなかで、僕は菜実とオイカワの姿を探した。

二人はバーカウンターにいた。南国の鳥の羽のような色味のカクテルを二人で飲んでいる。菜実は未成年のはずだが、オイカワに促されているからか、それとも単にカクテルが好みの味なのか、菜実のグラスのほうが減りは早かった。

僕は揺れ動く群衆のはざまで二人を観察した。はじめは警戒を滲ませていた菜実も、オイカワと言葉を交わすうちに表情がほどけてきた。オイカワに耳元で何かを囁かれると、クスクス笑ってもいる。琴平さんも僕も口をきかなかった。

しばらくするとオイカワは、菜実の腰を抱えてフロアを移動し始めた。

僕は二人に見つからないよう、後をついていった。

二人はクラブを出た。

僕も続く。音楽と照明が背後に遠ざかるのと入れ替わりに、都会の熱気がむわっと僕を包んだ。空気は夜になっても太陽の熱を忘れてはおらず、数歩歩いただけで汗が噴き出してくる。だが、スーツ姿の琴平さんに暑がっている気配はない。

緊張が取れた菜実は、赤くなった頬に微笑を浮かべてオイカワを見上げている。菜実の腰を抱えたオイカワの口元は、いやらしく歪んでいた。

二人はクラブが入っている建物を回り込み、裏手のコインパーキングに向かった。ほぼ満車だが人影はない。僕は街灯の光を逃れ、琴平さんと共に暗がりに立った。

オイカワは助手席のドアを開け、中に入るよう菜実に促した。菜実はわずかにためらうそぶりを見せたが、結局は車に乗ってしまった。空気を震わせる音を立ててドアが閉まる。

オイカワはほくそ笑み、運転席に回り込む。

「行け」琴平さんの声に僕は踏み出した。

靴音を立てて駐車場を横切ると、僕に気づいたオイカワが表情を硬くした。

「なんだ、おまえ?」

オイカワの声は菜実にも届いたようだ。彼女は顔を上げたが、現れたのが僕だと悟ると、驚いたように目をしばたたいた。

僕は菜実に一瞬だけ目配せをし、すぐにオイカワに視線を戻した。近づいて来る僕の身体を見て、余裕が戸惑いの下から覗いていた。

僕はズボンの尻ポケットに手をやる。今これを使うのは躊躇(ためら)われたが、仕方ない。

「こんばんは。ちょっとお話をいいですか」

笑顔を見せてやった。

笑うと女の子みたいだと、よく言われる。

三分もかからなかった。

尻ポケットから取り出したものを突き付け、小声で脅すと、オイカワは青ざめながら何度も頷いた。容易(たやす)いものだ。自分を強いと思っている男ほど脆(もろ)いというが、オイカワはその典型らしい。

そのあいだ、僕は手にしたものが菜実の視界に入らないように気をつけた。

「いいね。順調だ」

琴平さんに褒(ほ)められ、誇らしい気持ちになる。

「ありがとうございます」

思わず呟いてから、目の前で震えているオイカワに声をかけた。

「じゃあ、そういうことだから、命令通りに動いてね」

「あんた――誰と話してんだ？」

「君が気にすることじゃないよ」

笑みを消して凄むと、オイカワは鋭く息を呑んだ。笑顔は可愛いが、無表情でいると怖いとよく言われる。

僕は薄い笑みを戻した。

「とにかく、言う通りにすれば悪いようにはしない。いいね？」

「あ……ああ。でも——」

まだ何か続けようとしたオイカワの腹に、僕は右手に持ったままのものを押し付けた。

「理解したかな？」

オイカワの目が泳いだ。

「わ、わかった……」

車に向かって来た僕を、助手席の菜実は不思議そうな目で見ていた。

僕と琴平さんが後部座席に乗り込むと、腰を捩ってうしろを向いた。

「……さっきの……相良——さん？」

「迅って呼んでください。僕とは友達だということにしてあるんです」ひそめた声で言う。

菜実はしばし考えこんだ。彼女が連れ去りの被害に遭おうとしていると思いこんだ僕が、助けに入ったと思ったようだ。

嬉しさ半分、ありがた迷惑半分の複雑な返事をした。

「……ありがとう」

菜実のか細い声を、琴平さんの低い声が追いかけた。

「名演技だ。拍手をしたくなる」

やめてくださいよと言いたくなったが、我慢した。

運転席のドアが開いた。菜実は素早く正面を向き、僕はシートベルトを装着した。表情を強張らせたオイカワは僕を一瞥したが、僕が目で牽制するとおとなしくハンドルを握った。

「家はどこだっけ?」オイカワはたどたどしい口調で尋ねた。

僕はそのわざとらしさが気になったが、菜実には邪魔が入ってがっかりしているだけとしか感じられなかったようだ。

菜実は答えた。

「……池袋まで送ってくれたら、それでいいです。電車で帰るから……」

「家の近くまで行ってもらったら?」僕が口を挟む。

菜実は驚いたように身じろぎしたが、車内の時計を見て納得したようだ。時刻は二十三時四十分。乗り換えを考えると、終電に間に合うかは微妙だ。

「じゃあ、練馬まで……」

「そうだね。そこまででいい」

彼女はゆっくり息を吐くと、体を前に向けて座席に沈み込んだ。おぼつかない手つきでシートベルトを掛けながら言う。

「迅さん、あの……」

「あたりまえのことをしてるだけだよ」

琴平さんは押し殺した声で笑った。

僕もそっと微笑む。本当に、琴平さんが僕にしか見えないことは残念だ。

車は動き出した。

深夜になっても街は明るいが、雰囲気は昼間と一変している。獲物を探すかのような目つきの男女、暗がりで蹲っている人影。僕は琴平さんを窺った。隣に腰をおろして脚を組む琴平さんの目は、地獄を見物に来た大天使のように醒めていた。もしかしたら街に蠢く罪深い者たち全員を救いたいと思っているのかもしれないが、それはできないことも承知して、ただ静かな祈りを捧げている。そんな横顔に、僕は暗黙の崇拝を捧げた。

「菜実ちゃん」僕が声を掛けると、背もたれからはみ出た菜実の頭が揺れた。「大丈夫？具合悪そうに見えるけど」

「……ちょっと。さっきのお酒のせいかな」

「水飲むか？」

慌てた調子で言ったオイカワを、僕は睨んだ。オイカワは僕のほうを見なかったが、ハンドルを握る手が揺れた。

「開けてないやつが、あるけど」

僕はシートベルトを外し、運転席に向かって手を伸ばした。

オイカワは運転席と助手席のあいだにあるコンソールボックスを開けて、ペットボトルを取り出した。受け取った僕は未開封であること、胴回りや底に小さな穴、もしくはそれを塞（ふさ）いだ痕（あと）がないことを確認してから、菜実に手渡した。

菜実が窺うように僕を見たので、僕はどきっとした。今のやりとりで、僕とオイカワの力関係を見抜かれてしまったのではないかと心配になったのだ。しかし菜実は、特に表情を変えることなく、唇だけを動かしてお礼を言うと水を呷（あお）った。

その様子をしばらく観察して、僕は後部座席に戻り、シートベルトを締め直した。

菜実は落ち着いてきたように見えた。身じろぎが少なくなり、座席にしっかりと座り直している。どうやらクラブで飲んだ極彩色のカクテルに、薬が入っていたということはなさそうだ。

まずは一安心。ドラッグが菜実の体に入ってしまっていると、このあとの仕事が厄介だった。

琴平さんが口を開いた。

「オイカワの手元から目を離さないように。まだ抵抗される恐れがある」

素早く息を吸い込んで、僕は背筋を正した。

　オイカワがバックミラー越しに僕を見る。僕はオイカワの手元を、首を伸ばして見つめた。スマホを取るなどの不審な動きはない。オイカワは居心地が悪そうにハンドルを握り直した。

　車内には沈黙が流れる。お互いの微妙な立場のために、誰も喋らない。カーナビの音声だけが虚(うつ)ろに響いた。

　その冷たい静けさを破ったのは、菜実の一言だった。

「その角のところで停めて」

　菜実が指さしたのは、まだ明かりが灯っている西武(せいぶ)池袋線練馬駅のガード下だった。終電間際でも駅前にはぽつぽつと人通りがある。

　オイカワの肩が緊張するのが見えた。バックミラー越しに、僕に視線を投げてくる。

　僕は浅く頷いた。

　途端に、車のスピードが速くなった。

「え？」菜実が間の抜けた声を上げる。

　それを合図にしたように、オイカワはアクセルを踏み込んだ。

　練馬駅の駅ビルがあっという間に遠ざかる。窓の外を流れる街灯の光が残像を引き、一本の線になった。僕は隣の琴平さんと目配せをして、微笑み合った。

「待って、何してるの」菜実の声が焦りで上擦(うわず)り、何度もうしろを振り返る。「駅を通り過ぎちゃったじゃない」

菜実は僕を振り返ったが、僕はわざと目を背けて窓の外を眺め、脚を組んで見せた。これでどういう事態かわかったことだろう。

菜実は呼吸を荒くして、座席に体を沈めた。少しでも身を守ろうとしているのか、ドア側に身を寄せている。

「……どういうこと……？」

泣きそうな声を聞いて、琴平さんが噴き出した。

特に指示はされなかったが、僕はこの場にふさわしいと思われる台詞（せりふ）を口にした。

「子供の頃に言われなかった？　知らない人と車に乗っちゃいけませんって」

少しの間を置いた直後、菜実は細い悲鳴を上げた。

「まさか、あなたたち——グルだったの？」

オイカワが唸った。

「違う」言ってから、慌てるように僕を見る。そんなに僕が、というよりは、僕の尻ポケットにあるものが怖いのか、怒られるのを恐れている子供のような目つきだった。

「さっきの駐車場で、僕がオイカワ君に言ったんだ。全部僕の言う通りにしろって」

菜実の声がか細くなった。

「何する気……？」

それを無視して、僕はオイカワに尋ねた。

「どこか人けがなくて悲鳴を上げても聞かれない場所はない？」

「新座（にいざ）のほうにある。河原の……あそこなら人が来ない」

「そこにしよう。に、しても君、なんでそんな場所知ってるの？」

菜実はドアに体当たりをした。目元を拭いながら、片方の手でドアロックを外そうとしている。

「ドア、開かないよね？」

オイカワは小刻みに頷いた。

「……ロックは運転席側にある」

「じゃあ安心だ」

さらりと言ってのけた。

僕はちょっと楽しくなる。

今の言い方は、なかなか嫌味っぽくて良かったはずだ。

琴平さんを見る。

彼も僕を見つめて微笑んでいた。褒めてくれているのだとわかり、僕の心臓がぬくもりに包まれる。

「……誤解しないでくれよ」

「何が？」

「俺じゃないから。最近ほら、女が殺されてるじゃん。あれ俺じゃないから」

脱出を諦め、体を抱きしめていた菜実が「ひっ」と息を呑んだ。

怒鳴りかけた僕だが、すぐに気持ちを鎮めて言葉を選んだ。

「この状況だと、反対の意味に聞こえるよ」

オイカワはくぐもった音を漏らし、今度こそ口を噤んだ。

川越（かわごえ）街道を走り、和光市（わこうし）を抜ける頃には、窓の外は塗り潰したような闇に覆われていた。畑が黒い海のように広がり、その隙間にぽつぽつと建つ民家は錨（いかり）を下ろした船のようだ。そんな景色を通り過ぎると、やがて広い川に架かる橋を渡った。川面は月のない夜の底でも、微量な光を集めて鈍く輝いている。

車が停まったのは、公園とも雑木林とも言えるような、木立の影が落ちる広場の片隅だった。

「なあ、あんた――」

「言われた通りにできないのかな？」

また何かを言いかけたオイカワの喉（のど）を言葉で塞ぎ、僕は車外へ降りた。

もしかしたら動かないのではないかと心配していた琴平さんもついてきてくれる。ほっとしたが、琴平さんの表情が動かないのを見て、やはり不安になった。

運転席を離れる寸前、オイカワが助手席のドアロックを解除した。菜実がおぼつかない手つきでドアを開け、外へ走り出そうとしたが、シートベルトに引き戻された。震える手でバックルを解いたものの、反動で地面に転がり落ちてしまう。すぐに立ち上がり、両手を空中で動かしたが、姿勢を正すことができず、しまいには四つん這いで逃げ出そうとした。

踏み出しかけた僕は足を止め、琴平さんを見た。

琴平さんは、緩く首を振ったが、無言だ。

菜実の悲鳴が響く。

目を遣ると、オイカワが菜実の腕を掴んで立ち上がらせている。菜実は片方の腕をお腹のあたりにあてて身を庇っていた。

オイカワが僕を見る。命令を待つその顔に、僕は自分自身を見る気持ちになった。

「――琴平さん」

「続けさせなさい」

琴平さんの声は緊張を含んでいる。僕はオイカワに命じた。

「やって」

オイカワは戸惑うように瞬きを繰り返した。

「で、でも――」

もういちど、もっと強く言ったほうがいいようだ。

菜実がしゃくりあげながら尋ねてきた。

「どういうことなの？　なにするつもりなの……？」

僕は菜実の正面に立った。

菜実は顔を上げた。彼女の涙に僕の胸が騒ぐ。

「本当に、これでいいんですね？」はっきりと声に出して尋ねた。

オイカワが眉を寄せ、菜実の目が不思議そうに光る。そんな二人の表情をよそに、僕は琴平さんを横目で見た。

「いいんだよ。そう言っただろう」

琴平さんの声は静かだが、張り詰めた響きがある。

「あんた、さっきから誰と話してるんだ……？」

「琴平さんは、見るのが好きなんだ」

困惑が、泣き腫らした顔を歪ませた。

「琴平さん……？」

「でも、琴平さんは体を持っていないから、僕が代わりに用意してあげなくちゃならないんだ」砂利を踏む音が聞こえた。オイカワの足が、踏ん張りすぎて砂利を噛んだのだ。僕は彼を見なかったが、万が一に備えてオイカワの動きにも気を配った。「大変なんだよ。

だって、今回みたいな邪魔が入ることもあるから。でも僕はうまくやった。褒めてくれますよね、琴平さん」

　琴平さんは何も言わなかった。ただ、浅い、笑みを含んだ吐息が聞こえた。意地悪なひとだ。

「早く見せてあげたい」オイカワへ視線を遣る。オイカワは大袈裟なほど大きく肩を揺らした。「さあ、始めて」

　僕は二歩、二人から離れた。

　オイカワが何度も僕を振り返る。

「なあ、あんたさ、ほんとに――」

「手伝おうか？」

　見せつけるように尻ポケットに手をやる。オイカワの視線が僕の手の動きを追いかけているのを確認し、苛立ちを混ぜた口調で告げた。

「いつもはどうやるの？　誰か仲間を連れて来るのなら、僕がその役をしてあげる」

「いや――」オイカワの声があからさまなほど慌てた。「俺が……やるよ」

「普段から一人？」

「もち……」

　オイカワの言葉は途中で途切れた。

菜実がオイカワの足を蹴り、駆け出したのだ。だがバランスを崩したオイカワが菜実の肩を掴んだ。つられて菜実が転び、オイカワも彼女に覆いかぶさるように突っ伏した。菜実はオイカワの顔をやみくもに打った。

オイカワの目が光った。ほとんど反射的な動きで腕が持ち上がり、菜実を殴ろうとした。

「今だ」

その声を合図に、僕は飛び出した。

地面を蹴り、一瞬でオイカワの背後に舞い降りる。

オイカワは顔を上げ、僕の動きを目で追いかけた。空を舞う鷹(たか)に見惚れるような、呆然とした視線だった。実際オイカワは、小柄でひ弱そうに見える僕が圧倒的な跳躍を見せたことに驚いていたのかもしれない。

着地した僕は、オイカワの襟首(えりくび)を掴み、地面に放り投げた。さらに、仰向けに転がったオイカワに馬乗りになり、その顔を殴る。あまり音は響かなかったが、オイカワの顔は激しく左右に揺れ、最初はばたばたともがいていた足も、だんだんとおとなしくなっていった。

「もう大丈夫だよ」

オイカワがすっかり動かなくなったところで、僕は菜実を振り向いた。

菜実はまだ地面に倒れていたが、上半身を起こし、スカートの裾を直す余裕はあったようだ。お腹のあたりの外れてしまったブラウスのボタンを、なんとか嵌めようと指を動かしている。

「助けてくれたの……？」

僕に、というよりは、自分に問いかけているような言い方だ。

僕は笑って頷いたが、暗がりに立っているので菜実には見えなかったかもしれない。

ほんの少し街灯の明かりが届く位置まで出てから、もういちどおなじ仕草をした。

「ありがとう……」菜実の口元に、笑みに似た表情が滲んだ。「けど、どうして。さっきあなた、何か、変なことを――」

「君を幸せにしてくれる男なら構わないんだ。でも、オイカワは僕に脅されたからって君を襲った。そんなことをする奴は王子様じゃない。だから退治したんだ」

眼鏡を押し上げ、菜実の左隣を見た。そこも木立の影に覆われて暗いが、琴平さんの姿は支障なく見える。

琴平さんは僕をまっすぐに見つめ、先を促すように軽く顎を引いた。

菜実が、僕の視線を追う。

横に誰もいないのを確かめて眉を寄せ、僕を見る。

　僕は彼女と目が合うのを待ってから言った。

「僕は王子様になれるタイプじゃない。でも君は、本物のお姫様だよ。僕はずっと君を見てた。純粋で可愛い君を、僕は守りたいんだ。君にふさわしい男以外は許さない」

　菜実は戸惑いを浮かべて瞬きをした。まだわからないのかもしれない。僕はもう少し嚙み砕いて説明することにした。

「僕は見た目も地味だし、人づきあいも上手じゃない。このままずっと閉じこもって生きていくんだろうなあと思っていたんだけど、ある日、琴平さんが現れて僕に教えてくれたんだ。僕には僕の生き方があると。そして外へ出て、君を見つけた。フロアで踊る君を見たときからわかっていたよ。君こそが僕のすべてを捧げる相手だって」

　僕が一歩近づくと、菜実は身を守るように後ずさりをした。ブラウスのボタンは外れたままだが、その部分をきつく摑んでいる。

　僕は苦笑して、片膝(かたひざ)をついた。菜実の顔を覗き込むようにして続ける。

「大丈夫。僕自身は君とどうにかなろうなんて思っていない。君がつきあおうとする相手が、君にふさわしいか見極めて、悪いやつだったら退治するだけだ。君の幸せを邪魔することはしない」

　菜実はあちこちに視線を彷徨(さまよ)わせている。

「あたし、でも——あなたに会ったことない……」

「声をかけたのは今日が初めてだからね。でも、前から見てたんだ。君、今日のクラブによく行くよね。友達と来てたっていうのも嘘だろう？　いつも一人で来て、誰かと帰るじゃないか」

菜実の顔がひび割れるように強張った。

「……前から見てた？」

僕は少し肩を引く。

「今までは勇気が出せなくて、追いかけられなかった。……ごめん」

この女性こそ、僕が探していた人だ。

その証拠が、もうすぐ明らかになる。

立ち上がった菜実はオイカワを振り返った。

「彼は……」

「殺した。息が止まってるのを確かめた」

菜実の顔が引きつった。

倒れているオイカワのもとへ歩み寄る琴平さんを、僕は目で追いかけた。琴平さんは後ろ手を組み、珍しい魚でも観察するかのようにオイカワを眺めている。

気づくと、菜実が僕を見つめていた。

「……誰かいるの？」

「僕に生き方を教えてくれたひとがいるんだ。君には見えないと思うよ」

菜実は困ったように目を背けた。

入れ替わるように、琴平さんが僕を見つめる。

——いよいよだ。

僕は、菜実に両腕を差し伸べた。

「おいで……」

菜実の、不思議に静かな眼差し(まなざし)が僕の空中で止まっている腕を行き来する。彼女の右手はまだ、とまっていないブラウスのボタンを摑んでいた。

しばらくそうしていたが、やがて菜実はゆっくりと僕に近づいてきた。僕と菜実のあいだにある空気が震えたような気がした。

「わたしを、ずっと見ていてくれたの……？」

「そうだよ」

「わたしのことが、好きなの？」

「うん」

「わたしのことをずっと見てたこと……誰かに話した？」

僕の体を緊張が駆け抜けた。

「言うわけないよ。君は僕だけのお姫様なんだから」

僕の言葉が終わらないうちに、光るものが僕の腹を一閃(いっせん)した。

避けられたのは琴平さんが僕の名前を叫んだからだ。

大きくうしろへ飛び退(との)き、菜実を見た。

菜実の手には、空から月を捥(も)いできたような白いナイフが光っていた。

痛みの元を見る。僕のシャツとインナーが裂けて、その下にささやかだが濡れた感触がした。

「菜実……？」

指で押さえると傷口が鋭く痛んだ。深くはない。それでも不意の怪我は、僕の気力を削(そ)いでいた。

「何……？　それ、どこから――」

僕は後ずさり、その場に尻もちをついてしまう。

「おかしい奴っていうのはいるもんね」菜実の声は刃物よりも冷たかった。「二人いっぺんは難しいけど、片方始末してくれて良かった」

琴平さんは何も言わない。彼のほうを見たかったが、菜実から目を逸らすこともできなかった。

「僕を殺すの？」自分で考えていたよりも絶望的な声が出た。

「そうよ」

「もしかして、最近の人殺しは全部君なの？」

「うん」頷くとき、菜実は笑顔になった。「殺されたのは女の子ばかりだったから、犯人も男だと思ったでしょ。でもあれは、女の子で練習してただけ。うまくやれるようになったから次は男にしようと思ってた」

「君が、まさか――」

「あのクラブ、獲物を探すのにはちょうど良かったんだけど。あんたみたいのがいたのは予想外だったな」

「なんで、人殺しなんか……」

菜実は束の間、考えた。

「やりたかったから。一回やったらできたから、続けてみた」

僕は琴平さんのほうを見た。しかし琴平さんはもう、倒れているオイカワのそばにはいなかった。急いで辺りを探したが、どこにも姿は見えない。

「あなたは他人には見えない人が見えるのね。でも残念、その人はあなたを助けてはくれないでしょ？　こんなイカれたやつに会ったのは初めてだけど、なんだろう、あんまり驚かない」菜実はさらに僕に近づき、僕の腿(もも)を片足で踏みつけた。僕は痛みに呻き、踏まれていないほうの脚を跳ね上げたが、菜実は頓着せずに両腕を頭上に掲げた。白い刃がきらめく。「世の中イカれたことばかりだからだね。異常なことだらけになると、異常なことのほうが普通になっちゃうの」

僕は深く息をつき、言った。

「それについては賛成だ」

菜実の動きが止まった。

人の口調には相手の心を攻撃する力がある。例えば今のように唐突に変わったりすると、それだけで聞いたほうは一瞬動きを止めてしまう。

僕はその隙を逃さなかった。

踏まれている腿を捻って菜実をよろめかせ、跳ね起きると、腕が躍ったのを見計らってナイフを叩き落とした。菜実の目が驚愕で光る。脇腹に蹴りを入れると、菜実は悲鳴もなく地面に倒れこんだ。

「できたじゃないか」

のんびりとした声が聞こえる。

琴平さんが僕の背後で手を叩いていた。なんで見えないところにいたんですかと、安堵半分、拗ねる気持ち半分になる。

「君は体術が上手だと言ったろう？　実戦で勝てないのは、君に遠慮があったからだ」

「今言うことじゃないでしょう」

僕以外に聞こえていないとはいっても、やはり恥ずかしくなる。

琴平さんが笑う声を聞きながら、僕はオイカワの死体を見た。

「もういいよ、オイカワ君」

息を吸い込む大きな音と、土が擦れる音とが夜気を掻き乱した。

地面に横倒しになったままの菜実の目に驚愕が映る。

それを確認して、僕はうしろを見ないまま言った。

「おつかれさま。咄嗟の芝居だったのに、なかなか上手かったね」

琴平さんが小さく笑った。

「殴られる演技が特に良かった。もっとも、何発かは本当に当たってたが」

クラブの外の駐車場で、僕はこう迫ったのだ。

――君のことは知ってる。言う通りにしろ。僕を同乗させ、あとは僕が誘導する通りに動くんだ。

「あんた……ほんとに刑事なのかよ」

「一応ね」振り返らずに答えて、僕は地面を蹴った。

菜実が動いた。外れたままのブラウスの隙間に挿し入れた手首を、僕は摑んだ。

「何すんのよ！」

金切り声を無視して、僕は菜実のお腹に手を入れた。菜実が大袈裟に身をよじり、変態男に浴びせるのにふさわしい罵声を投げつけてきたが、僕の右手が菜実のブラウスの下に隠されていたものを引き抜くと、それも止んだ。

刃渡り十五センチ。柄の先端が輪になった、薄く長い刃物。バラしたハサミの片割れ。ドライバーが一本あれば作れる凶器だ。

息を呑んだのはオイカワだった。

「おい。……本当に、その女が三人も人を殺したのか？」

「さっきの告白を聞いただろ」

僕はオイカワにしたように尻ポケットから引き抜いた警察手帳を、菜実の眼前に翳した。取り澄ました表情をした僕の写真は、この暗闇では見えないだろう。

「警察庁科学警察研究所特別捜査室、相良迅警部補です」

名乗った直後だった。

菜実が、弾丸のように僕にぶつかってきた。地面に倒れたのと同時に、腹にのしかかられる。見上げると、菜実が僕の腕を両手でとらえ、腹に両膝で乗り上げながらオイカワに向かって叫んでいた。

「あんた、それでこいつを刺して！」

それとは、僕が叩き落としたハサミの片割れだろう。身をよじった僕は脇腹に鋭い痛みを感じた。何かが突き刺さっている。

まだ凶器を持っていたのか。

僕の胸に後悔が押し寄せた。

刑事にあるまじき失態だ。僕は思わず琴平さんを見た。眼鏡越しに、菜実を止めようと動いた琴平さんが見えた。だが琴平さんの腕は菜実の体をすり抜けてしまう。琴平さんの顔が悲しげに歪んだ。

もがく僕を押さえこみながら菜実が叫んだ。

「ねえ！　早く！　こいつ殺してっ。そのあとはあんたのことなんか忘れるから！　そのほうがお互いのためでしょうっ」

菜実がオイカワに向かって叫んでいる。僕は抵抗を続けているが、女の子一人とはいえ、真上に乗られているうえに脇腹からの出血と止めようのない自己嫌悪のせいで払いのけることができない。

オイカワが立ち上がり、こちらへやって来る。

やめろ、と僕は叫ぼうとした。だが息を吸い込んだ途端、菜実の膝がさらに強く腹に食い込み、激痛に貫かれて意識が遠のきかけた。

足音がもういちど、聞こえた。

すぐそばにオイカワがいる。

琴平さんが僕の名前を呼んだ。心配そうに――そして、自分が何もできないことを詫びる口調で。

そんな顔しないでください。僕は何よりもその一言を口にしたかった。

鈍い音が響いた。

短い呻き声と共に、僕にのしかかっていた菜実の重みが消える。

「えっ……？」間の抜けた声と共に、僕はしっかりと目を開けた。

オイカワの両手には、たった今振り下ろしたばかりの石が握られている。

「こ、これは」オイカワは息を弾ませた。「犯罪には、カウントされない、よな？　俺、刑事さんを助けたわけだし……」

オイカワの目が、僕の横の地面を指す。

そこには菜実が倒れていた。

僕は反射的に身を起こし、菜実の脈を取った。異常はない。気を失っているだけのようだ。だが成人男性が力任せに石で殴ったのなら油断はできない。

「オイカワ君」

オイカワは、なぜか背筋を正して「はい」と答えた。

「すぐに救急車を呼んで」

「え。でも」

「早く」

今度は何も言わずに石を放り棄て、きょろきょろと辺りを見回してから車に飛び込んだ。運転席に上半身を突っ込んだまま、電話をしている。動揺はしているが、無事に現在地を伝えられたようだ。その声を尻目に僕は、菜実を仰向けにして手錠を掛けた。僕たちの現状はウェアラブル端末になっている眼鏡を通じて署に伝わっているので、すでに仲間がこちらに向かっているはずだ。

眼鏡を直すと、目の前に琴平さんが立っていた。

「……すみません」

連絡を終えた僕は、地面に座り込んだまま謝罪する。落ち着いてみるといっそう自分が情けなくて、まともに琴平さんを見ることができない。

「傷の具合は？」

琴平さんに問われて、僕はようやく脇腹の怪我を思い出した。

まだハサミの片割れが刺さっていた。僕の皮膚に斜めにめりこんだハサミは、現代アートみたいで現実感がない。

「あ」

「『あ』じゃない。ひどい怪我だろう」

「でも、入ってるのは二センチくらいです。斜めですし。思ったよりひどくない」それどころか、血は刃の下に滲んでいるだけで、体感していたほどの出血量でもない。「なんか、ああ……無様ですよ」

溜息をついたとき、すぐそばから声が聞こえた。

「おい。あんた、怪我は……？」

通報を終えたオイカワが僕を見下ろしていた。困惑と混乱で、整った顔が歪んでいる。

「平気。さっきはありがとう。菜実に言われた通りに僕を刺すこともできたのに、助けてくれた」

「……別に。俺、そこまでワルじゃないし」

落ち着かない様子で、自分の両手をデニムの尻に擦りつけている。

僕は立ち上がろうとした。するとオイカワは慌てたように僕の脇に膝をつき、刺さったままの凶器に手を伸ばした。

「抜くな」僕は命じた。

「なんで……？」

「太い血管を傷つけていた場合、大量出血が起こる。もっともその心配はなさそうだけど、あとで上司に説教される。警官はマニュアルから外れられないんだ」たとえそれが、僕のようなイレギュラーな立場でもと付け加えたかったが、やめた。

　地面に座り直す。

「だから、このままでいい」

「あんた、ほんとに大丈夫なのか？」

「大丈夫だと言っただろ」

「そうじゃない」オイカワは琴平さんがいる場所を見上げた。

　僕は慌てて彼の視線を追った。

　琴平さんも、おや？　と言うように眉尻を上げてオイカワを見ている。

「あんた、誰もいないところに話しかけてるだろ。危ないやつのふりしてんのかと思ってたけど、今もどっか見てたし」

　思わず笑った。

「幽霊だよ。幽霊と話してるんだ」

　琴平さんが例の深い声で僕に呼びかけてきた。

「迅君。彼に眼鏡を渡してくれ」

　思わず目を見開いて尋ね返す。

「本気ですか……？」

「もちろん」琴平さんは目尻に深い皺（しわ）を刻み、頷いた。「わたしは彼に会ってみたい」

「でも、そんなことをすれば記録に残りますよ？　ご存じでしょう。僕たちの会話や視界の録画映像はすべて保存される。これ以上彼を——」

琴平さんがいわんとしていることに気づいて、僕の言葉は途切れた。

まさか、と思いながら琴平さんを見つめる。

琴平さんは、僕の想いを汲むように頷いた。

「ふさわしい人材だと思わないか？」

僕は琴平さんを見つめた。実在しないはずの瞳の奥に、深い感情があるように見える。

「……あなたが言うのなら」

眼鏡を外し、オイカワに差し出す。

オイカワが戸惑いつつも受け取るのを待って、左耳の奥に突っ込んでいた小型のワイヤレス端末も手渡した。

両方を身に着けたオイカワが、ゆっくりと琴平さんのいる方を見る。

僕もおなじ方向を見たが、そこにはただ夜の暗闇が広がっているだけだ。

「う……うわ！　なんだよ、これ！　へ？」尻もちをついたオイカワは、何度も頭を振った。「は？　だ、誰、琴平？　刑事？　は？　あんた一体、うわっ」

上擦った声を零し続けたオイカワは、むしり取るように眼鏡とワイヤレス端末を外した。

呆然と、まるで初めてドラッグを体験した直後のような目で僕を見つめる。

「……今のは」

「琴平さんだよ」

オイカワは、すぐに何か閃（ひらめ）いた顔になった。

「ＡＲ……？　あ、ＡＩ？」

僕は笑おうとしたが、できなかった。

地面を探ってイヤホンを拾い、手の中で眺めてみる。

琴平さんの意見を聞くまでもなかった。

彼がオイカワに姿を見せた時点で、琴平さんの目的はわかっている。

「琴平さんは実在した刑事だよ。平成二年に都内で発生した、アベック連続殺傷事件って知ってるかな？」

オイカワは目を瞬（しばたた）き、呆（ほう）けた顔をしている。

まあ無理もない。彼が生まれる前、もっと言えば、彼の両親が出会ってさえいなかったかもしれない時代だ。

「東京都内で連続八件、夜遊び帰りのアベック――カップルが殺された。犯人は杳（よう）として知れず、捜査は難航。その事件を解決したのが、当時警視庁捜査一課に所属していた琴平隆一（りゅういち）警部補。彼だよ」

僕は眼鏡を掛けた。イヤホンはまだ手の中で弄（もてあそ）んでいたが、特殊ガラスの向こうの琴平さんはおどけた様子で片手を振った。

　思わず振り返したくなるリアルさだ。最新技術で映し出された往年の名刑事は、二十一世紀の夜空の下に肉体を持って立っているようにしか見えない。

「どういうこと……？」オイカワは小学生のように首を傾(かし)げている。

「簡単に言うと人材不足なんだ。世の中はどこでもそうだけど、治安を守る警察の人手不足は早急に解決しなければならない。特に優秀な警察官というものには、生まれ持った素質だけでなく、経験が加味された人間独特の能力が必須となる。そこで浮上した案が、ＡＩと人間の融合だ。難事件が発生し、解決したとき、捜査に関わった刑事の思考パターンと行動パターンをデータ化して保存しておく。言ってみれば、名刑事のコピーを作るようなものかな。本人のように考えて、本人のように行動するプログラム」

　オイカワの表情に本能的な恐怖が兆したのを見て、僕は付け加えた。

「最初はただ、有能な刑事の経験を後世の参考にするために記録を取っていただけだったみたいだよ。それがＡＩやＡＲの発達で、より実践的なかたちで利用されることになった」

　オイカワの目が虚空(こくう)を彷徨った。琴平さんは僕の横に移動していたので、そこにもう琴平さんはいないが。

「……そんなの、定年を伸ばすとかして、刑事本人に捜査させりゃいいじゃん」

「人間は老いるし、衰える。難しい事件を解決できた頭脳の持ち主が、三十年後もおなじ知能レベルを保てるわけじゃない」心がしんみりとして、傷口の痛みが強くなった。「ただしデータは、基本的には刑事本人が死亡してからでないと使えない規則になっている。もちろん、本人か遺族の許可を得た上でね」

僕はイヤホンも耳に入れ、琴平さんと目を合わせた。

きらきらと輝く深い色の瞳。電子の集合体でしかないその姿は、琴平さんが連続殺傷事件の犯人だった高校生を、聞き込みの途中で見かけて偶然気になったことがきっかけで尾行、十組目の被害者を襲ったところを現行犯逮捕した当時のものだ。

「……この、琴平？　さん、は——この刑事は今……？」

「もういない」

静かに言ったのに、オイカワは気まずそうに目を背けた。

僕は少し口調を柔らかくして、続ける。

「保存されている刑事のデータは、その刑事が解決した事件と類似性が高い事件が発生し、現役の刑事だけでは解決が難しい場合にだけ活用される。今回もね、琴平さんは参加してすぐに、犯人は被害者と同性ではないかと言ったんだ」

被害者は若い女性で、犯行現場は人けのない路地裏や公園の片隅。犯人像は男性に偏りがちだったが、琴平さんは現場の状況と被害者に性的暴行の痕跡がないことを鑑みて、被害者が心を許す相手、つまり同年代の女性と一緒だったのではないかと推理した。菜実に自白させるために異常者を装う提案をしたのもＡＩの刑事である。

彼らの力は捜査の役に立ったわけだが、むろん、議論はあった。

思考パターンのデータを、その持ち主だった刑事本人の姿で再現する必要はあるのか。

このことはプロジェクトの発足当時、揉めにもめたそうだ。だが結局、警察上層部の強い要請があって実現した。人間のように認識されていたほうが一緒に行動する現役警察官にとってやりやすいだろうと。

だがそれは建前で、本当の理由は別にあると僕は思っている。

このプロジェクトを推進した警察上層部の老人たちはきっと、自分たちと苦労を共にした刑事たちの魂を残したかったのだ。

事件解決に邁進し、人生を使い果たし、ともすれば殉職する多くの名もなき刑事たち――彼らを未来の捜査現場に蘇らせたい。

それは出世して現場に出られなくなった彼らの、願いの結晶なのだと思う。

「……その、幽霊の刑事って……ずっと一緒なのか？　人材不足っていうなら、死んだやつばっかりになるだろ？　生身の人間よりも幽霊の刑事のほうが多いって……」

「そうはならない。プログラムが起動されるのはわずかな時間だけ。事件が解決したら、ふたたび元の保管場所に収められる。いつかまた事件が起きるまでは、眠るんだ」こみあげてきた感情を、僕は呑み込んだ。「ところで、この話は世間には出てない。倫理的な問題を孕んでいるから、正式運用が始まるまでにはまだ時間がかかる」

「わかった。秘密なんだな。誰にも言わないよ」

「これを聞いたからには、君は部外者じゃない」

オイカワの顔色が変わった。

「僕はどうしても、このプログラムの運用を続けたい。それには関わるすべての事件を解決に導く必要がある。僕の言う通りに動く外部の人間がいれば、なにかと助かると思っていたところだ。及川将宗君」

本名を呼ばれて、オイカワは硬直した。

「この眼鏡はＡＩの刑事を連れ歩くための装置。通称〝籠〟。ウェアラブル端末になっていて、必要な情報を表示することもできる。君、すごいんだね。おじいさまは衆議院議員及川耕三氏、父親は外務省勤務。ただし君自身は素行の悪さを理由に勘当されている身。その若さで都内に三店舗を展開するアパレルブランドのオーナーでもある。でも僕にとって興味深いのは、君が過去に薬物所持で二度、器物損壊と暴行傷害容疑で三度逮捕されているのに、一度も起訴されていない事実のほうだ」

及川の顔が引きつっていく。

僕は悪役の口調を作って続けた。

「探せば余罪もありそうだね。勘当したとはいえ、身内だからと庇ってくれていたおじいさまやお父様も、いつまで守ってくれるだろう。君だってそのへんを恐れたから、僕が警察手帳を見せたとき、おとなしく従ったんじゃない？」

僕の耳元で琴平さんが笑った。

「上出来だ、迅君。君はいい刑事になれる」

視界の端で何かが光ったので、顔を上げた。

暗闇の底を筋のような光を引いて、救急車と警察車両がこちらに向かってくるところだった。

僕は言わなくてもいいはずの言葉を口にした。

「僕の両親は九組目の被害者になるかもしれなかった。あの夜、琴平さんが犯人を見張っていなければ、僕はここにはいなかっただろう」

熱いものが頬を滑り落ちた。自分の涙だと認めたくなくて、僕はゆっくりと瞬きをした。

「……琴平さんと事件を解決できて光栄です」

近づいて来るパトライトばかり見ていたので、刑事だった男の残像がどんな表情を浮かべたのかは、わからない。

Ver. 2.0　線上に浮かぶ

この世界には線がある。生きる世界を隔てる線だ。人はその線のどちら側に立っているかで自分を計り、向こう側に立つ誰かの手を取ろうとすることは決してしない。

麗らかな日だった。

秋の中頃の晴れた昼下がり。

都心へ向かう列車の到着をホームで待つ私の体は日差しを浴びて、心までがきらきらと輝いていた。

電話が鳴る。

「もしもし？」

呼びかけると、少しのノイズの向こうから大好きな声が返ってきた。

「あ、今どこ？」

相手の声も弾んでいた。だってあの日は、とっておきの楽しい一日になるはずだったから。

私は大切な仲間に返事をした。

「まだ駅。急行に乗れるから、三十分くらいで着くよ。そっちは？」

「あたし、もう新宿にいるんだ」

「えっ、早くない？」

交差する、私たちの笑い声。日差しよりも明るく、空よりも青い。少女の残り香を引きずっていた最後の日。

「ワクワクしちゃってさ、じっとしていられなかったんだ。時間潰してるからゆっくり来て」

「わかった。新宿に着いたら連絡するね」

「うん。待ってる」

『る』の言葉が終わらないうちにガシャン、という音がして通話は切れた。

そそっかしいなあ、と苦笑する。スマホを落としてしまったんだろうか。

それでも煌めく気持ちは濁らない。今日は素晴らしい日になると疑わない。

ホームに滑り込んできた急行列車に乗り込んで三十五分後。

新宿駅に着いた私は、大事な親友がその日に起きた新宿駅構内連続殺傷事件の一人目の被害者になったことを知った。

*

電話が鳴った。

顔を上げたわたしは、レジでお客様の対応をしていた店長と目を合わせて頷き、壁にある電話に駆け寄った。

　ここは下町の商店街にある美容院。悠長に電話を鳴らしたままだとさっさと切られてしまい、二度と掛けてこない。もしくは、あとで直接来店して怒られる。それがわかっているから、わたしはできるだけダッシュで受話器を取ることにしている。

「はい、サロン・デ・ライチです」店名を言うのがちょっと恥ずかしい。店名の由来は店長の好きな果物だからって。もうちょっと飾りようがあるだろうに。

　耳にあてた受話器からは、沈黙が返ってきた。

「もしもし？」少し声を尖らせて言った。

「笹河岳人（ささかわたけひと）さんの奥様はいらっしゃいますか？」

　わたしの心臓が跳ねた。

　女の口から出た笹河岳人の名前と、その声の異様な平坦さ。その両方に意識を揺さぶられたのだ。

「……わたしですけど」

「お名前は？」

　知らないんですか、岳人の名前は知っているのに？　とは、訊けなかった。

　その先の言葉の予測がついていたからだ。

「……瑠香といいます」正直に名乗った。

「瑠香さん。岳人さんは既婚者で間違いないですね？」

受話器を握るわたしの手が汗ばんだ。思わず溜息を漏らすと、お客様を送り出した店長が不安そうにどうしたの、と訊いて来る。

振り返ったわたしの顔を見て、店長の表情が変わった。電話の内容を察した顔だ。

わたしは店長を見たまま、答えた。

「……そうです」

「瑠香さん、今から出てこれますか。お話があります」

「……夜ではダメですか？」

「今がいいんです」相手の声は凛と響いた。「すぐに会ってくれないなら、これから岳人さんのお店に行って暴れますけどいいですか。前に行ったことがあるので、お店の場所は知ってます」

わたしは目を瞑った。

岳人が経営するカフェ＆バーは明治通り沿いの賑やかなところにある。騒動を起こされたらすぐに警察がきてしまうだろう。客商売にとってそれがどんなことを意味するかは、簡単に想像がつく。

「どこに行けばいいんですか？」

相手は勝ち誇るように声を柔らかくした。

「日暮里（にっぽり）駅を十一時二十三分に出る山手線内回りの列車の、最後尾から二両目に乗ってください。スマホも必ず持ってきて」

相手が言ったことを素早く頭に書き込む。

受話器を置くなり、店長が近づいてきた。

事の説明をするわたしの口調は、残念ながら慣れたものだった。


ＩＣカードと財布、それにスマホを持ち、指示された通り日暮里駅へ向かった。美容院からは目と鼻の先である。電話の相手は美容院と駅の距離もきちんと把握しているのだ。

冷え切った心を抱えたまま、わたしは日差しが照りつける駅のホームに立った。

ホーム上に人は疎（まば）らで、誰もわたしを見てはいない。

時間ぴったりに滑りこんできた車両の位置を確認して、乗り込む。

時間帯のせいか、車内は空いていた。

背後でドアが閉まると、わたしはその場でスマホを取り出した。相手の名前さえ聞かなかったことを思い出した。でも、店に掛かってきた電話の番号は控えてきた。相手も携帯電話だ。掛けなおして、これからの指示を得ようと思った。

番号を押し、耳にあてたときだ。

すぐ隣で呼出音が鳴った。近くにいなければ聞こえないくらいの小さな音だ。

顔を向ける。

ドア脇の、座席の仕切りと列車の壁の隙間に背中を押し込むようにして、背の高い女が立っていた。

「瑠香さんですね」相手はそう言うと、手にしていたスマホをいじって呼出音を消した。

「電話をした者です。来てくれてありがとう」

わたしは相手をまじまじと見た。

今年三十二歳になるわたしよりずっと若い。顔立ちはすっきりと整っており、肩に流れる髪は艶やかで、顔の輪郭をぼかすような黒縁の眼鏡が野暮ったく見える。

「シノハラといいます。信じるという字に原っぱと書いて、信原。名前は平仮名でゆかり。覚えておいて」

信原ゆかり。わたしはその名前を心に刻んだ。

「……あの、わたしにお話があるんですよね？」

尋ね終わらないうちに、車両が動いて大きく揺れた。わたしはよろめき、あやうく転びそうになったが、信原が腕を摑んで支えてくれた。

「あ、どうも――」

気まずく思いながらもお礼を言いかけた。だがそれも束の間、信原がわたしの手首につけたものを見て仰天した。

手錠だった。ひんやりした金属の感触に鳥肌が立つ。

衝撃のあまり口をきけずにいると、信原は手錠の輪の片方を自分の手首に繋いだ。

「何するんですか……」

「騒ぐと目立つよ」信原は電話で聞いたのとおなじ平坦な口調で言うと、わたしの手をおろさせた。わたしはほとんど反射的に、自分のスカートで手首を隠し、誰かに手錠を見られないようにした。

そんなわたしの態度を見た信原は、浅く笑った。

「……こんなことしなくても、お話くらいしますよ」

「そうだろうね。慣れてる感じがしたもの。電話で、あなたの夫が既婚者かどうか訊いたとき」信原はわたしのペースに合わせるつもりはないようだ。「それに、すんなり出て来たね。まだ勤務時間中だったんじゃないの？」

わたしは正面を向いて話し続けることにした。

素早くあたりを窺ったが、座席に座っている人々はスマホをいじっているか目を閉じているかで、会話を聞かれる心配はなさそうだ。斜め向かいの優先席に至っては、お年寄りたちが揃った角度で俯いている。

「店長が行っていいと言ってくれました。今までにも何度か、こういうことがありましたから……」

「結婚してどのくらい？」

「……もうすぐ一年です」

「その一年で、こういうことが何回あったの？」

喉元にあった答えを、わたしはするりと口にした。

「付き合っていた頃を入れると三回目です」

信原は眼鏡の奥からわたしをじっと見つめた。

「あなた、体のどこかに痣は？」

意味を悟ったわたしは頭を振った。

「そんなことされてません」

「切り傷も？」

「あるわけない」

「……それが本当ならいいんだけど」

嘘じゃないと言おうとして、やめた。そんなふうに訴えれば信原は次の駅で降り、わたしの体を確認するだろうと感じたのだ。

「信原さん。夫があなたにしたことが何であれ、謝ります。お金が必要なら払います。話し合いだってちゃんとしますから、これを解いてください」

わたしは手錠で繋がれた手首を揺すった。

「じゃあ……」信原は束の間、遠くを見るような眼差しをした。「岳人に電話をかけてくれる？」

「岳人に？　そんなこと」

信原は微笑んだ。

強い力で手錠を引かれた。痛みが走り、わたしの舌が歯に引っかかる。

「掛けてくれないなら、そうだな。今からあなたが働いてる美容院に電話をしまくって、営業妨害する。やさしい店長さんに迷惑がかかってもいいのかな？」

それは避けたかった。

わたしは自由なほうの手で、スカートのポケットを探った。その様子を見て信原は乾いた笑いを漏らし、自分もジーンズの尻ポケットに手を入れた。

信原が差し出したのはカナル式のイヤホンだった。

「あなたのスマホ、イヤホンジャックがあるタイプだといいんだけど」

運がいいのか悪いのか、わたしのスマホにはイヤホンジャックがある。誤魔化せないか考えたが、無駄なことはしないほうがいいような気もした。

受け取って、スマホに装着する。プラグをスマホに挿入するときは両手を使わなければならず、わたしは手錠が光を反射しないようできるだけ低い位置で作業を行った。

「私と今一緒にいることは言わなくていい。適当に、そうだな、私の名前を憶えているかだけ訊いて」

「……わかりました」

準備ができると、信原はイヤホンの片側を自分の耳に入れた。

わたしと岳人との会話を聞くつもりなのだとわかったが、拒否することもできない。

仕方なくわたしも残った側のイヤホンを装着した。そのときちょうどアナウンスが流れ、間もなく次の駅に到着する旨が告げられた。

すると信原はわたしの手を握り、体ごと引き寄せた。

列車が停まる。

ドアが開いて暑い風が吹き込み、数人の乗客が降りた。乗ってくる人はいない。

ふたたび車両が動き出したところで、信原は手を離して囁いた。

「いいよ」

わたしはスマホを操作した。

「……岳人のお店は今、昼のカフェタイムの営業時間なんです。電話を鳴らすと怒るかもしれません」

「そうなんだ」

信原は関心がなさそうに頷いた。

イヤホンを入れていない左耳にスマホをあてがう。呼出音はイヤホンから流れてくるので、おかしな感じだ。

三度目で相手が出た。

「はい。カフェ&バー『月城(つきしろ)』です」

歯切れがよく、少し掠れた男の声がする。サロン・デ・ライチよりはずっとおしゃれな名前だと、無関係な思考がわたしの頭を掠めた。

「岳人さん？　……わたしです」

少しの沈黙が流れた。

「なんだよ。営業中だぞ」声が濁った。

岳人の店にある電話にはナンバーディスプレイ機能がないので、名乗るまではわたしだとわからなかったのだ。

「ごめんなさい、あの」目を瞑り、言うべき台詞を頭の中でまとめた。「……さっきうちのお店に来たお客さんがね、あなたのことを知っている人みたいだったの。それで」

「そんなことで電話してきたのか」溜息が混じる。岳人の吐息は、体を重ねた直後のような色気を纏(まと)っている。

「ごめんなさい……」

「帰ってからでいいだろ。おまえ最近、べたべたしすぎなんだよ」

横目で見た信原の表情は無のまま動かなかった。岳人の高圧的な口調をどう感じているのかも窺えない。

小さな音が聞こえた。

電話からではない。向かいの優先席からだ。優先席の端に座っている年配の男性が、隣の五十代くらいの女性の頭上に拳を振り上げ、窓に貼られている注意書きのシールを叩いている。そこには携帯電話の絵に斜めの線が入ったピクトグラムがあった。

わたしは男性に黙礼し、そっと体をドア側に向けた。信原の肩が目の前にくる。

「あのね、信原さんていう人。信原、ゆかり、さん。……知ってる？」

岳人はしばし黙った。

「知らない」

断ち切るように言い捨てて、岳人は通話を切った。

重い気持ちで信原を見上げたとき、わたしの心臓は震えあがった。

真冬の空気のように冷えた信原の目が、わたしに向けられていたからだ。

＊

「……わ、わたしだから、です」動揺を隠したい一心で、わたしはもつれる舌を動かした。「わたしが相手だから、岳人は嘘を言ったんです。あなたを忘れているわけじゃないと思います」

信原はしばし黙った。

列車の揺れが人間の鼓動のように続く。

わたしは必要最小限度の動きで顔を動かし、向かいの優先席を見た。先ほど注意書きを叩いた男性も、隣の女性も、居眠りをするように顔を伏せている。

信原はイヤホンを片付け、手の中でまるめた。わたしと繋がれている右手を揺らしたので、手錠が鳴る。

その考え込んでいるような顔にわたしは囁いた。

「岳人とはどこで知り合ったんですか？　そのとき岳人は、自分のことを独身だと言ったんですか」

「いいえ」

「え？　でも電話では――」

「私と岳人とはそんなんじゃないの」

信原はドアの窓へ視線を向けている。眼鏡の内側に映る彼女にしか見えない映像を追っているような遠い目をしていた。

「昔、新宿駅で事件があったの覚えてる？」

唐突に話が変わったのでついていけず、わたしは瞬きを繰り返した。

信原は軽く噴き出した。

「なんて言ってもわからないよね。新宿なんてしょっちゅう事件が起こってる街だもん。ニュースで流れても『ああまたか』って思ってすぐに忘れる。ましてあのときは、たった一人しか死ななかった」

「信原さん……？　何の話をしているんですか」

呼びかけてももう信原はわたしを見なかった。

「新宿駅の地下道で、男が――ハンマーで通行人を殴った。全部で五人。亡くなったのは最初に襲われた女の子一人だけ。スマホで通話中に、スマホを持つ手ごと側頭部を殴られてね。頭から血をだらだら流してたけど、即死できなくてしばらく苦しんでいたって、目撃した人から聞いた。その子は私の大切な友達だった」

車内アナウンスが次の駅名を告げる。視界の隅で、乗客がぽつぽつと立ち上がった。

わたしは信原の声に聞き入っていた。

「犯人は脱法ドラッグをやってた。でも本人はドラッグだとは知らずに飲まされたと主張して、裁判でも受け入れられたみたい。量刑は笑っちゃうほど軽かったよ」

列車がホームに滑り込んだ途端、信原は素早くわたしの手を握った。決して逃がさないと訴えるような強い力だった。

「……まさか、その犯人って——」

信原の目が笑った。

「自分が結婚する相手の名前を検索くらいしなさいよ。あなた苗字変わってないでしょう。どうして岳人が結婚したらあなたの苗字になりたがったのか考えなかったの？　それとも岳人の悪行があまりに多すぎて、調べるのが怖かったのかな。そのとき想像していた悪行って、女を騙して泣かせたとか、その程度だったでしょう。そんなものを知るのも怖いような相手なら結婚なんてしないほうがいいんじゃないかな」

ドアが閉まった。

手錠がもういちど鳴る。

目を見開いたまま口を噤んでいるわたしに、信原は乾いた一瞥を寄越した。

「新宿で降りるよ」

そこから新宿駅に着くまで、信原は一言も話しかけてこなかった。池袋駅を過ぎると車内は混雑し、信原はわたしの指を絡めるようにして握った。

新宿駅が近づいたことを知らせるアナウンスが流れると、乗客たちがドアに向かってそろそろと移動を始めた。信原はドアのほうを向いて立ち、手錠をいっそう強く引き寄せた。わたしはできるだけ手錠が音を立てるのを防いだ。

新宿駅で降りると、人の流れから外れるようにホームの中央へ移動して足を止めた。

「いいもの見せてあげる。顔を上げて」

そう言われても、わたしは自分の足元へ視線を落としていた。

「上げなさいってば」

「待って……コンタクトがずれて……」わたしは目元を何度も撫でた。

「しっかりしてよ」

乱暴な言い方ではなかった。

レンズの位置を直し終えたわたしは、そっと頭を持ち上げた。

信原が顎で示したのは、追い立てられる羊の群れのように階段を降りて行く群衆だった。どう考えても『いいもの』に相当する光景ではない。

「今、あなたに見えてる人間たちは頭の中で、どうやったら自分が幸せになれるかって考えてる。ここにいる何十人、何百人全員が、つねに、無意識にそれを計算してるんだよ」

「……そんなの当たり前じゃないですか」

「うん。当たり前なの。だから、あなたが岳人の過去から目を逸らしたのだって悪くないんだよ。だってそれがその時点でのあなたの幸せだったんでしょ。自分の幸せのために目を瞑るのは間違ったことじゃない。それができる人だけが、線の向こう側にいられる。だからあなたも、こんなありきたりな駅の景色を見たら思い出すといいよ。みんな自分のことを考えてるし、それでいいんだし、自分の幸せのために何かをすることは絶対に間違いじゃないいんだって」

「……どうして励ましてくれるんですか」

「励ましてるつもりはない。ただ、あなたが境界線の上に立っているみたいに見えるから」

「境界線？」

「この世界には、一本の線が引かれてる。人間はその線のどちら側かにいて、見ている世界が違う。片方は恵まれた、幸せな世界。もう片方は、乾いていて残酷な世界。あなたはその境目に立っているみたいに見える。あんな男と一緒にいると、不幸な側に行っちゃうよ」

「……信原さんは岳人を誤解しています」

信原は顔を引き締めてわたしの手を引っ張った。話しすぎたと思っているようだった。

「行こう」

雑踏のなか階段を降り、迷路のような新宿駅を歩く。人に当たらないように進むのに精一杯で、周囲を窺う余裕はなかった。信原のほうは慣れた様子で人混みを抜け、立ち止まることなく進んで行く。何度もこのルートをたどっているのだとわかる動きだった。

東口改札を抜け、商業施設が連なる通路を抜けた。

柱の脇で信原は足を止めた。

「ここが、事件が起きた場所。あのあたりで最初の襲撃があった」

信原は床の汚れたタイルを指さした。

「最初の一人が襲われるのを見て、周りの人たちは散り散りに逃げた。犯人に狙われても防御することができた。本当に無防備なところを襲われたのはただ一人、私の親友だけだった」

語る声は淡々としていて涙の気配はない。

「信原さん……」

「信原って、私の名前じゃないの。ここで死んだ親友の名前なの。私は今からあの子のために人を殺す」

閃くものが、信原を名乗っていた女の左手に現れた。カッターナイフだ。

わたしは腰を引いたが逃げられない。女の右手は、わたしの指を捕まえたままだ。もちろん手錠もそのままだ。

「聞いて、聞いてください……」

踏み出した相手にわたしは懇願した。

女は乱暴な足取りで事件現場を通り過ぎ、地下道の出口の階段を上って暑い日差しの下に出る。太陽に焼かれて、わたしは思わず目を瞑った。その間にも、女は進み続ける。横断歩道を渡り、細い路地を前進する。その先には靖国（やすくに）通りがあった。車が行き交い、群衆が潮流のように擦れ違いながら交差している。

「どこに行くのっ……」

叫ぶように言うと、女にぐいと引き寄せられた。

「おとなしくして。ここで騒ぐなら、仕方がないけどあなたの首を刺す。利き手じゃないから致命傷を負わせるのは不可能かもしれないけど、痛いよ」

わたしは唇を動かしたが、名前を呼ぶ前に『信原』が相手の名前ではないことを思い出して言葉を呑み込んだ。

そのまま歩道を進んで行く。

わたしの心臓は拍動を増し、足はブレーキを掛けるように強張った。

「待って、この先は……」

新宿駅北の大ガードから東に直線的に伸びる靖国通りは、しばらく進むと明治通りと交差する。岳人の店はその明治通り沿いにある。最寄り駅は地下鉄の新宿三丁目駅になるから、ここまで来てやっと、彼女が通り魔事件の現場を離れた理由がわかった。

だが握られた手を引っ張ろうとするたびに、相手の左手にあるカッターナイフの煌めきが目を射貫き、わたしの喉を詰まらせた。

「どうしてですか。なんでこんなことするんですか」

怒鳴るように尋ねても答えない。

「あのときの再現をしてるの？　そうなの？」

声が大きくなりすぎたかもしれない。少し前を歩く年配の女性が厳しい目をこちらに向けた。

わたしは少しだけ声を落として続けた。

「……犯人とおなじことをするんですか？　そんなことをしたら、あなたはあなたの親友を殺した相手と同類になってしまう。本物の信原さんだってこんなこと望んでない」

女が、長い髪を揺らして振り返った。眼鏡の奥の目はもう笑っていないが、表情は歪んでいる。

「私には、何を言っても無駄だよ」

言い捨ててまた前を向く。

さらに歩調が速くなった。歩き続ける女に、わたしは呼びかけた。

「わたしが話を聞きます。何があったのか、全部聞く」

女は何も答えない。

交差点を左に折れた。

明治通りに入った。靖国通りとたいして変わらない幅の道路なのに、雑踏が薄まり、どこか静かな雰囲気になった。

「さっきあなたは、自分の幸せを優先するのは悪いことじゃないって言ったでしょう？だったら自分の幸せを考えて」

摑まれた手首を強く引っ張られた。視界に影が落ち、涼しさが頰を撫でる。頭上を見ると大きな赤い鳥居が見えた。花園神社の境内に連れ込まれたのだ。

女は、わたしの体を鳥居の脇にある大きなイチョウの幹に押し付けた。

「痛っ――」

背中に走った鈍痛に唸った直後、喉元に何かが当たった。

かすかな感触から、首にカッターナイフをあてがわれているのがわかる。

「……信原さん」

女の目が、眼鏡の奥で鈍く輝いた。

「今だけは信原さんと呼びます。あなたは、親友の仇(かたき)を討とうとしているんですか」

相手の目が揺れたのをわたしは見逃さなかった。

「だったらよく聞いてください。岳人は、あの事件の犯人じゃない」

どこかで誰かの笑い声が響いた。頭上から降る木漏れ日が揺れたので、それが葉擦れの音だと気づいた。

わたしが信原と呼んだ女の表情にかすかなヒビが入った、ように見えた。

わたしはまくしたてた。

「あなたがどうして岳人を犯人だと思い込んだのかわからないけど、本当に違うんです。だってわたしは、あのときの通り魔事件のニュースを岳人と一緒に聞いたんですから。プロポーズをされた日だからよく覚えてます。二人で横浜までドライブをしていて、高速道路を走っているときに、カーラジオからニュースが流れてきて。そのとき岳人が、『新宿でデートしなくて良かったな』って言ったことを憶えています」

言い切るのと同時に、深く息を吸い込んだ。わたしの肺は潜水を終えたばかりのように、何度も呼吸を繰り返した。

喉にかすかな痛みを感じた。あてがわれたカッターナイフの刃で傷がついたのかもしれない。

目の前の女の顔に走ったヒビがみるみる埋まっていく。

「岳人に電話を掛けて」

「どうして。岳人は犯人じゃないんですよ。本当に、わたしと一緒にいたんです」

喉元に冷気のような痛みを感じた。刃が皮膚に食い込んだのがわかる。溢れた血が芋虫のように喉を垂れていく。

「……こんなこと駄目です」

「電話を」

「岳人は」

痛みが深くなり、わたしは観念した。

「……わかりました。カッターを離してください」

刃がほんの少し離れるのを待って、わたしはスマホを引っ張り出した。

「スピーカーにしてね」

いったん遠ざかったカッターナイフが、今度は首の真横にあてがわれた。頸動脈がある位置だ。

わたしは、スピーカーボタンを押した。

平たい機械から呼出音が溢れる。

五回目の音のあとに相手が出た。

「はい。カフェ&バー『月城』です」さっきよりも疲れた声だ。

「……もしもし」

沈黙。そして、溜息。

「瑠香？　何だよ、またかよ」

「あのね、今から」わたしは鳥居を見た。「花園(はなぞの)神社」女が囁いた。

岳人が「ん？」と声を漏らす。

「誰かそばにいるのか？」

「自分の状況を話していい」

「……わたし、今、刃物で脅されてる」

電話の向こうでかすかに息を呑む音がした。

「さっき話した、信原さんていう人に。逆らったら殺すって言われているの」

岳人が歪んだ声を上げた。悲鳴に近い音だが、戸惑いの気配のほうが大きい。

「花園神社にいる。あなたのお店から近いでしょ。すぐに来ないと奥さんは死ぬから。今からきっちり三分以内にここに現れてね。警察に通報しても、奥さんを殺すから」

早口で言うなり、女はスマホの画面を叩いて通話を切った。

その力は強く、わたしはスマホを足元に落としてしまった。

「岳人があなたを愛しているか、これでわかるね」

わたしは何度も瞬きをした。焦りと悔しさで視界が滲み、またコンタクトレンズが浮き上がりそうになる。

「……なんで信じてくれないんですか？　岳人は通り魔事件の犯人じゃないんです」

「知ってる」

「知っててどうして……」

「説明が面倒だから黙ってた」女はわざとらしく舌を出した。「私は確かに、信原ゆかりを殺した馬鹿を恨んでる。裁判では知らずに飲まされたとかほざいた脱法ドラッグだって、きっと自分でキメたんだと思う。最低なゴミ。でも私が殺さなきゃならないのは、あのときの犯人じゃない」

わたしは彼女を見つめ、慎重に尋ねた。

「……どういうこと？　犯人じゃないとわかっていて、岳人を殺すの？」

「ええ」

「なぜ？」

「あの日ゆかりと約束してたの」わたしに口を挟むゆとりを与えず、喋り続ける。「学校でやんちゃな子たちに、クスリを売っててね。少年院に入ったんだ。私とゆかりは少年院で知り合った。ゆかりはやさしい子でね、院を出ても行くところがなかった私を自分のアパートに住まわせてくれた。だから、私はゆかりの幸せに手を貸すことにしたの。ゆかりは当時付き合ってた岳人に殴られたり、刃物で脅されたりしていた。……あなたの体には痣も切り傷もないと言ったけど、それ嘘でしょ。だって岳人は、付き合ってる女の子をいつも殴るってゆかりは言ったもん」

「そんなこと——」

「黙って」カッターナイフの刃が皮膚を押し、新しい血液が滲むのがわかった。わたしは唇を閉じるしかなかった。「ここからが凄いんだから。ゆかりはね、ああいう男を野放しにしておいたら駄目だよねって私に言ったの。DV野郎なんて埋め立て地が作れるほど大勢いるだろうけど、その中の一人でもいなくなれば、不幸になる女を何人かは減らせる。だから、退治しようって。私たちは計画を練った。あの日、岳人がゆかりの他に二股をかけていた女とデートに行くことは、ゆかりが調べて知っていた。その頃岳人は、新宿に自分の店を持つための準備中でね、夕方になったら開店作業のためにテナントに来る。だから、昼のうちに待ち合わせをして、店に現れたところを二人で仕留める。そういう計画だったのに」

視界の端に人影が現れた。

岳人だった。制服である、黒いシャツとダークパンツに身を包んでいる。

わたしは素早く言った。

「どうしてそこまでするんですか。友達なら止めるはずでしょう」

女は何かを言いかけ、一瞬口を閉じてから改めて囁いた。

「あなたはやっぱり境界線にいるんだね。こっち側の景色はわからないんだよ」

新宿駅で聞いた線の話の続きだろう。だが、わたしには理解できない。

「向こう側の世界からは、すべてがきれいに見える。正しいことをしようとする。でも、正しさが人を救うわけじゃない。正論を裏切りの免罪符に使う人だっているんだよ」

「裏切りってなんですか」それだけはどうしても訊いておきたくて、わたしは声を尖らせた。

女は顔を引きつらせた。それほどわたしの言い方が必死だったのかもしれない。

「昔、クスリを売ってた頃。やさしいふりをして近づいてきた刑事がいた。ご飯をおごってくれたり、夜の街に一人は危ないからって一緒にいてくれたり。……こっちがキツいこと言っても、ニコニコして怒らないの。この人なら私を、きれいな世界に連れて行ってくれるかなって思うくらいに、私はあの人を信頼した。だから、あの人が私のことを守ると約束してくれたとき、クスリの元締めの情報を流した。なのにそいつは結局、私のことも補導した」

岳人は探すように周囲を見回している。イチョウの陰にいるわたしたちの姿は、あそこからは見えないのだ。

女も首を捻って彼を見た。

「それが裏切りなんですか？」

女がもし、岳人に気を取られていなければ、わたしの声の変化に気づいたかもしれない。

　わたしは岳人のそばの参道に佇んでいる人影に視線を移していた。こちらに背を向けて立っているので、もし彼女の姿が他の人に見えていたとしても、ごく普通の参拝客としか思われないだろう。

「あなたにとっての、やさしさって何なんですか」わたしは問わずにはいられなかった。

「本当にあなたを思う人が、あなたに人殺しの手伝いなんてさせますか」

　わたしの心からの言葉は、女には届かなかった。

　女は大きな声で岳人の名前を叫んだ。

　精悍な顔がこちらを向く。力強い目が、わたしたちを見つけて見開かれた。

「ごめんなさい……」わたしは囁いた。岳人への謝罪では、なかった。「わたし、この人を止められなかった」

　女が疑問を浮かべてわたしを見る。その目を覗き込み、わたしは彼女の本名を口にした。

「渡辺未祐さん。できるならわたしはあなたを止めたかった。でもそれはあなたのためじゃない」

　言うと同時に、渡辺未祐の腹を膝で蹴り上げた。

　濁った音が渡辺の口から漏れる。手錠を鎖ごと引いて傾いだ体を立たせ、わたしは左手のカッターナイフを取り上げてから渡辺の足元を払った。わたしの動きには一切、躊躇がない。むしろ過剰な暴力性を帯びていたかもしれない。わかっていても抑えきれなかった。

そのくらい怒っていたのだ。

地面に引き倒すと、渡辺の眼鏡が飛び、参道にいる女性の足元に落ちた。それでもまだ彼女はわたしを見ない。転がった眼鏡に、静かな眼差しを注いでいる。

後ずさりする岳人と入れ替わるように、一般人に扮して境内に待機していた同僚たちが集まってきた。

「……なに……？」

組み伏した渡辺は、やっと忘我から醒めて呟いた。その頬に、わたしの首から垂れた血が落ちる。わたしはその雫を一瞥し、腕時計を確認した。

「十二時十六分、現行犯逮捕」

自分の声が冷静なのが不思議だった。

＊

二日後。

わたしは警察庁科学警察研究所の本館廊下を歩いていた。

千葉県柏市にあるここは警察庁の付属機関で、犯罪の防止や科学捜査、犯罪行動学を研究する部門もある。

わたしはここの研究員ではない。

警視庁生活安全課に籍を置くわたしがここにいる理由は、現在試験運用中の人工知能捜査の被験者に選ばれたからだ。試験中、わたしはここの七階にある宿泊施設で寝起きしていた。だがそれも、今日で最後である。

渡辺未祐は取り調べにはおおむね素直に応じているというが、その素直さに本物の反省がないだろうことは、逮捕後の渡辺に会っていないわたしにも想像がつく。

わたしは自分の首を撫でた。包帯の感触にはどうにも慣れない。首を絞められているような違和感があるし、なにより暑い。さっさと外したいが、カッターナイフの刃でつけられた傷は思っていたよりも深かったようで、医者から最低でも一週間はそのままで過ごすようにと言われている。

「――冗談じゃない」

吐き捨てるように呟いた途端、背後から声がした。

「何がですか？」

振り返った。

小柄な青年が背後に立っていた。

わたしは、彼の顔に眼鏡がないことに安堵した。

「……相良さん」

「君付けでいいですって」

　無邪気に破顔したのは、二年下の後輩・相良迅である。今年で三十歳になるというのに童顔で、社会に出たばかりのひよっこにしか見えないのはある意味ですごい。先日は捜査中、対象者に二十四歳で通してしまったというから驚きだ。

　でももっと驚くべき、いや、緊張すべきところは、彼が科学警察研究所特別捜査室の室長だということだろう。相良は本来、警視庁捜査一課所属の刑事だ。試験期間中だけ、科警研に出向している。

　この特別捜査室は、過去を生きていた刑事たちのＡＩが生身の刑事とうまくやれるかを試している段階にある。ほとんどの捜査は、相良がＡＩと組んで行う。わたしが呼ばれたのは、正式運用されたあとすべての部署で使われるこのシステムに、わたしのような平凡な捜査員がどう反応するのかを見たいからだそうだ。

　相良がなぜリーダーに選ばれたのか、今回だけの被験者であるわたしには知らされていない。

　このシステムを知ったときわたしは愕然とした。

　死んだり、退職したりした刑事の思考パターンから人工知能を作り出し、捜査に参加させる。とんでもないことだ。死者の尊厳や人権への配慮はどうなるのかと憤った。でも本音は、もっと根深い恐怖にあった。

このシステムが正式採用されたら、わたしたちの仕事が奪われる。生きている人間でさえ、ある程度優秀でないと仕事にありつけない。そこに、いなくなった優秀な人間が戻ってくる。圧倒的に優れた人間が永遠に居座るのだ。自分の力量に不安のあるわたしが、恐れを抱かないはずはなかった。

相良君は目を泳がせ、軽く眉を寄せた。

「君島(きみじま)先輩」わたしの本当の苗字を呼ぶ相良の口調は慎重だった。「やっぱり、やめますか？　今日のこと。それならそのほうがいいんじゃないかと僕も思います。あの端末を使ったあとは精神的にくるでしょう」

そんなことをしていいの、と問い返しそうになった。

今日これからの行動も試験の一部のはずだ。

わたしは頭を振った。

「いいえ。落ち込んでたわけじゃなくて、これを外したいだけ」首の包帯を触って見せた。

相良君はちらと笑い、自分の脇腹を摩(さす)った。

「僕もやっと包帯が取れたところです。うざったいですよね」

そういえば彼は先々週、捜査中に刺されたのだった。凶器はハサミを分解して作った刃物だったと聞いている。

「じゃ、行きましょうか」

相良君はおとなしくついてきた。

部屋のドアをノックし、返事を待って中に入る。

机を挟んだ正面のイスに腰かけている渡辺は一瞬、目を上げたが、表情を変えることなくすぐに視線を下げた。拘置所から突然こんなところへ連れて来られて驚いているだろうに、反抗的でもなく観念しているのでもない。ただ心を閉ざしている顔だ。

わたしは渡辺の向かいのイスに腰をおろし、相良君は部屋の片隅にある記録用の机に近づき、そこで供述を書き込んでいた刑事と交代した。

「訊きたいことがあったら訊いてください」わたしは親しげな口調を作ったが、正直なところ、これは挑発行為に近い。

渡辺は顔を上げた。

拒絶的な微笑みを浮かべている。

「……すっかり騙されました。美容院に電話を入れた時、本物の岳人の奥さんがすぐに警察に連絡をしていたんですね」

部屋の隅から視線を感じた。パソコンのキーボードを叩く相良君が、こちらを見たのだ。

わたしは構わずに続けた。

「いいえ。あの電話に出たのはわたし自身。声でわかるでしょう？」

「じゃあ最初から美容院に待機してたんですか。でもどうして、そんなことができたの」

わたしはわざと視線を外した。

一週間前、渡辺は明治通り沿いにある笹河岳人の店『月城』を訪れた。渡辺が店に来たとき、彼女はまず岳人の旧姓である『松本岳人』と彼を呼んだ。それで岳人は彼女を、今の店を持つまえに渋谷のクラブでバーテンダーとして働いていた頃の客の一人だろうと思い、結婚して苗字が変わったことを言ってしまったのだ。さらに雑談のようなかたちで、妻が日暮里駅の近くで美容師をやっていることも話してしまった。妻の店の宣伝になると思ったらしい。幸運だったのは妻の名前を教えなかったことだ。

それらの話を聞いてから、渡辺は信原ゆかりの名前を出した。

——あなたがいたぶって捨てた女を覚えてる？

岳人は信原ゆかりの名前を憶えていた。だがそれは、交際した恋人としてではない。信原ゆかりは一方的に岳人に思いを寄せ、つきまとっていた。自分でつけた傷を岳人にやられたと吹聴し、そのときにも岳人は警察に相談している。その後しばらく信原ゆかりの嫌がらせは止んでいたが、さすがに渡辺が現れ、信原ゆかりの名前を出したことで、岳人は警察に相談に行った。

特別捜査室は警察組織内にあらゆる情報網を張り巡らせている。岳人の相談もすぐに上がってきた。そこから生前の信原ゆかりの身辺調査が始まり、渡辺にたどりついた。

そしてある人に、いや、ある人工知能の刑事に報告がいったのだ。

沈黙しているわたしの顔を渡辺の視線が探る。

「ねえ。一体どうしてなの？」

イスがきしむ音が響いた。相良君が体の向きを変えたのだろう。

わたしも、この先は実際に見てもらうほうがいいと思った。


わたしは立ち上がった。

「行きましょうか」

その言葉を合図に相良君もイスを引いた。壁際で待機していた刑事が心得ているようにドアを開ける。

三人の連携した動きを見て渡辺は戸惑ったようだ。

「行くってどこに……？」

「ついて来ればわかります。ちょっと失礼しますね」

わたしは渡辺に手錠をかけ、腰紐を回して端を自分の手首にくくりつけた。そのまま連れ出す。捜査車両の後部座席に乗せるとき、さすがに緊張した様子を見せたが、わたしが微笑みかけるとおとなしく従った。

ハンドルを握るのは相良君だ。わたしは渡辺の隣に座った。

車は都内へ向かった。

四十分ほど走り、相良君がハンドルを切って病院の駐車場に車を入れると、さすがに渡辺は身を乗り出して尋ねてきた。

「……どういうこと？」

わたしは構わずに車を降りた。

あらかじめ連絡をしてあったので、病院の裏手にある関係者出入り口から中に入ることができた。

待っていてくれた病院のスタッフに挨拶をしたとき、渡辺はさすがに人目を気にする様子を見せたが、わたしも相良君も声をかけなかった。

スタッフのあとに続いてエレベーターに乗る。そのエレベーターも職員専用で、三階に着くまで誰も乗り込んでこなかった。

クリーム色の廊下に出るとスタッフは立ち去った。並んだ部屋はすべて扉が開け放たれており、見舞客や車いすに乗った患者が静かに動いている。機械の音も会話の断片も、すべてが張り詰めた雰囲気の下を流れていた。

相良君に目配せをしたわたしは、廊下の隅にある女子トイレに渡辺を連れて行った。

「渡辺さん。これを着けて」

手洗い場の前で差し出したものを見て、渡辺は戸惑いを露わにした。

「スマート・コンタクトレンズ」楕円形のパッケージをのせた手を軽く振る。

「なんですか？」

渡辺は腑に落ちない顔でわたしとパッケージを見比べた。

「着けてみればわかる。普通のソフトコンタクトよりも厚みがあるから、ちょっとゴロゴロするかもしれないけど」

渡辺は用心深い手つきでコンタクトレンズが入ったパッケージを受け取った。

表面には青い色と細かい数字が印刷されているだけで、商品名は書いていない。

訝しんでいたが、鏡に向かい合ったので、わたしは彼女の隣の洗面台に腰をつけた。パンツのポケットに手を挿し入れ、指に触れたものを握りこむ。

「あなたは、線の話をしたね」

手錠の鎖が立てた音がトイレの壁に反響した。

「ああ、新宿で言ったこと。あれが何か？」

「わたしはあなたや信原ゆかりの記録を読んだ。二人とも親から虐待（ぎゃくたい）を受けて育ってる。特にあなたは、中学の頃から家出を繰り返してた」

「ありきたりな話でしょう。警察にいればそんな話は山ほど聞くんじゃないですか？」

「……山のようにある話のうしろには、ひとつひとつの傷が隠れている」

「もっともらしいこと言わないでください。あなたが次に何を言うかわかる。つらい思いをしている人でも、立派に生きている人はいる。逆境に負けるな、とか？」

パッケージを剝がす音も、鎖の音とおなじくらい大きく聞こえた。

「あなたや、笹河岳人や、岳人の本当の奥さんがいる側からは、私たちの痛みは見えない。あのやさしいふりをした刑事にも」

「罪を犯した人を捕まえるのが刑事の仕事だよ」

渡辺は短く笑った。虚しさを感じる声だった。

「いいですね。仕事って言えば、嘘をついたことも正当化される」

コンタクトレンズを入れた渡辺はわたしを振り返った。

「あなたにも騙されました。てっきり、岳人に虐げられている本物の奥さんだと思ったから、あなたを励ますようなことを言っちゃった」

「コンタクトの具合はどう？」

渡辺は瞬きを繰り返し、トイレのあちこちに視線を投げた。

「別に、妙なところはないです。何なんですか、これ？」

わたしは手の中に持っていたものも差し出した。ワイヤレスタイプのイヤホンだ。

集音装置がついている眼鏡とは違い、コンタクトレンズの場合はマイクも身に着けるのだが、わたしがシャツの襟につけているものでも渡辺の声は拾えるだろう。

渡辺は首を傾げたが、結局は従った。そして少し耳を澄ますような様子を見せた。

しかし、目と同様に耳にも何の変化もなかったのだろう。ふっと笑った。

「ねえ、本当にどういうつもり。これって何かの実験？」

「廊下に出て」

わたしは渡辺の腕を取った。

＊

相良君は女子トイレの出入り口のすぐ横で待っていた。

わたしが相良君に目配せをしたとき、渡辺の表情が変わった。眉間に皺を寄せ、戸惑うように頭を小刻みに振っている。その視線は廊下の一点を捕えた。

「……あの人、いつの間に――」

「大きな声は出さないほうがいい。その人はあなたにしか見えていない」

わたしは腰紐の先を相良君に渡し、パンツのポケットからコンタクトレンズのケースを取り出した。

鏡がないのでやりにくいが、はじめて装着するわけでもない。

目の中にレンズを入れると、わたしの視界にも渡辺とおなじ光景が展開した。

「これでわたしにも見える」

廊下の中央に一人の女性が佇んでいる。歳は五十代の半ばくらいで、短い髪には白髪が混じり、穏やかな印象を受ける。しかしその目の光はあくまでも鋭い。

その人物は二日前、山手線の車内で優先席の真ん中に座っていた。靖国通りで、少し前を歩いていた。神社の参道に佇んでいた。しかし彼女の姿はわたし以外の誰にも見えず、彼女のほうもただの一度も指示をくれなかった。

「生活安全課の乾恭子(いぬいきょうこ)巡査長」わたしは、わたしと渡辺にしか見えていない女性を手で示した。「といってもこれは、本物の乾さんとはいえない」

渡辺は口を薄く開けたまま顔を強張らせている。ひどく驚いてはいるが、叫ぶ気配はないので続けることにした。

「乾さんはあなたのことを気にして、あなたが成人するまで何度も面会したり、手紙を書いて送ったりしていたんだってね。もっともあなたは、いつも適当にあしらっていたみたいだけど」

「……でも。どうして、この人がここに……」

すぐに理解できないのも無理ない。わたしは噛み砕いて説明することにした。

「実在しているわけではないの。乾さんの姿はあなたと、わたしにしか見えていない。あれは乾巡査長本人の思考データから作り出した人工知能。乾さんの幻よ」

渡辺が掠れた短い悲鳴を上げた。乾巡査長が言葉を発したのだろう。しかし、イヤホンを入れていないわたしには何と言ったのかわからない。

「……二人のやりとりを聞かなくていいんですか?」相良君が囁いた。

わたしは頭を振った。マイクは装着しているが、イヤホンの予備はポケットに入っており、装着すれば乾巡査長の声を聞くことができる。しかし、わたしは蚊帳の外にいるつもりだった。どっちみち、この装置を使っているときの映像と音声はすべて記録されている。

「あっ」イヤホンを抜こうとした渡辺の動きに不意を打たれ、相良君が前へつんのめった。

わたしは渡辺の腕を摑んだ。肉の下の骨を感じられるほど力を込めてしまったが、指を緩める気はない。

「あなたには聞く義務がある」

渡辺は目を見開いてわたしを見た。

「……な、なんでこんなこと……」

「命令なの。じゃなきゃここまであなたを連れて来られない。このプロジェクトはまだ試験段階でね、いろいろな場面での実証実験が要求される。今回の件も実験のひとつ。さあ行きましょう」

渡辺はよろめきながら前へ進んだ。戸惑いが、抵抗する力を削いでいるのは楽でいい。

「警察は事件が起こらないと動けない。正義の現場の欠点に、わたしたち警官も悩まされている。だからこそ、その悩みを解決する糸口を見つけたときには飛びつくものよ。今回もそう」

わたしたちが踏み出すのと同時に、乾巡査長も踵を返し、おなじ方向に足を進めた。その背中は服の皺までリアルで、そこに存在している人間としか見えない。そんな乾巡査長の体を、廊下の正面から歩いて来た看護師が通り抜けたものだから、渡辺はびくりと肩を震わせた。

「採取した刑事の思考データから人工知能を作っても、いきなり事件の捜査には使わない。少し話をしたりして具合を見るの。乾さんのコピーの話し相手を勤めたのは、わたし。そのときに聞いた」

「……岳人のことを?」渡辺は呟いた。直後、乾巡査長が何かを言ったのだろう。目を瞑り、振り払うような仕草をする。

「いいえ、あなたのことを。あなたは乾さんからの手紙に返事を返してはいた。お決まりの、取り繕った文句を並べていたけれど、乾さんはあなたが危うさを隠していることを見抜いていた。乾さんは、いつかあなたが犯罪に関わるのではないかと懸念していたの。その会話の記録があったからこそ、笹河岳人が警察に相談に来た時、素速い対応ができた。信原ゆかりが亡くなったとき、あなたは遺体と対面するために警察署まで来ていたから、もしやと思って。……あなたと会ったときに本当のことを言えなかったのは、あくまでも乾巡査長のコピーが訴えた懸念が当たっているかどうか、それを確かめなければいけなかったからよ」

だから本当は、とわたしは回顧する。

イチョウの幹に体を押し付けられながら、ごめんなさいと謝ったのは余計だった。本当は渡辺を止めたいのだと、そんなことを口走ったのは余計だったように思う。

でも、言いたかった。

あれは警察官としてのわたしの、魂から出た言葉だったように思う。

乾巡査長が足を止めた。

病室が並ぶフロアの中央にある広い空間だ。

ソファが並び、談話室のようになっている。そこでは院内着を羽織った患者が面会に来た者と歓談している。

乾巡査長はその中の一人に視線を向けた。

点滴の支柱を片手に持ち、ソファに腰かけている中年男性。傍らには彼の妻らしき女性と、中学生くらいの男の子がいる。中年男性の両眼は包帯で覆われていた。

「乾さんは先月、心臓の病気が悪化して亡くなった。死後、本人の希望であの男性に角膜（かくまく）が移植された。もうすぐ包帯も取れるそうよ」

渡辺の体が動揺で揺れたのがわかった。

わたしは続けた。

「自分の体の近くであなたに話したい、それが乾さんの希望。人工知能の望みにはなるべく応えることになっている。人工知能が本物の人間にどのくらい近づけているのか、あるいは違うのかを計るには、何を要求するのかを見るのは大切なことだと研究者たちは言っている」

迅君が自分の耳を指すジェスチャーをした。

イヤホンを入れるようにとわたしに指示しているのだ。

わたしはしぶしぶ従った。

乾巡査長の幻が静かに振り返る。彼女は、わたしと渡辺を交互に見て、静かに話し始めた。

「信原ゆかりさんに、もし、会えていたらと思うわ」

渡辺の肩が震え、わたしも瞬きをした。相手の心に馴染ませるような話し方も低い声も、生きている人間と変わらない。

「未祐ちゃん。あのね、信原ゆかりさんは、岳人さんに一方的な好意を抱いていたの。岳人さんとつきあっていた事実はないのよ」

「……嘘。そんなこと信じると思ってるの」

「私は昔、あなたに言ったことがあるわね。自分の目や耳を信じすぎてはいけないって。人の心は信じたいものを信じてしまうから。あなたは可哀そうな友達を救える自分に酔っていただけ。あなたの弱さを信原ゆかりさんは見抜いて、利用したんじゃないかしら」

「ゆかりを悪く言わないで」

渡辺の声は談話室に響いた。包帯で目元を覆った中年男性とその家族もこちらに顔を傾けたが、迅君がおどけた仕草で一礼すると、彼らは顔を背けた。

乾巡査長は続けた。

「通り魔事件なんか、もちろん起こらないほうが良かった。でもあの日、もし岳人の殺害を実行していたら、あなたの人生は取り返しがつかないところまでいっていた。それどころか、信原ゆかりさんはあなただけに罪を着せていたかもしれない。わたしはそう思ってるの」

「ゆかりは、そんなことしない」

渡辺はさっきよりも弱い声で言うと、俯いた。

彼女の内側に乾巡査長の言葉が沁みこんでいくのが見える気がする。

渡辺は乾巡査長に裏切られたと言いつつ、少年院を出所後は罪に手を染めなかった。

今また、乾巡査長は渡辺に恨まれるのを承知で、彼女に事実を受け容れさせたのだろう。

乾巡査長にはそういう力がある。

その力を持った人間が、この世に残り続ける。

ふと視線を感じて、わたしは迅君を見た。迅君は微笑んでいた。その眼差しに心を読まれている気がして、わたしは一刻も早くこの場を立ち去りたいと思った。

Ver. 3.0　オオカミと羊

この世には悲惨なことがいくつもある。

しかし疲れた体を引きずって戻った午前零時、アパートの玄関ドアの前に、見ず知らずの人間が倒れていることほど酷い状況というのは、なかなかないんじゃなかろうか。

ぼくは思わず顔を背け、束の間瞑目し、もういちど見た。

幻覚であれと祈ったのに、目を休ませたせいだろう。男の姿はさっきよりも鮮明になった。

ドアに背中をつけ、足を投げ出している。体格のいい若い男だ。

「嘘だろ……」

さすがに声が出た。

この界隈は住宅地だが繁華街が近く、酔っ払いが紛れ込むくらいはあるかもしれない。

だがそれにしたって、なんで今夜、ぼくの部屋の前に。

こみあげてくる苛立ちを嚙み潰し、ぼくは男に声をかけた。

「あの、すみません」

男は動かない。

仕方なく、もう一歩そばへ寄った。腕が届かない、ぎりぎりの距離だ。

ぼくはこの世が、捕食する者とされる者で成り立っていることを知っている。たとえるなら、賢い野生のオオカミとぬくぬくと暮らす家畜の羊。ぼくはどうしようもなく、後者だ。

だが羊にも相手を蹴り上げる蹄（ひづめ）はある。

それをわからせるために、ぼくは声を尖らせた。

「すみませんけど」

呼びかけた途端、相手が腰を捻った。

その拍子に、男が自分の脇腹を押さえていることに気づいた。

掌が黒く光っている？

にじり寄って覗いたぼくは、その光るものが血であると悟り、叫びかけた。

「なっ――！」

声が途切れたのは、男がぼくの手を摑んだからだ。

硬直するぼくをじろりと見て、男は地面を指さした。

「それ、を、取っ……」

ぼくは爪が示す線上を追った。

今まで気づかなかったが、廊下の床に、黒縁の眼鏡が落ちていた。

男のものだろうか。拾って、差し出してやる。

「掛けて……。俺にじゃない」

「……ぼくが？」

男は錯乱しているのかもしれない。

だがこちらを見た男の目は正気の光を宿していた。

「掛けてみれば、わかる。ただ……」男は深く息をついた。「……驚くと思う」


驚くなんてものじゃなかった。

ぼくは思わず部屋の扉の引手を摑み、室内に駆け込もうとした。思いとどまったのは理性のブレーキがぎりぎりで利いたからだ。

いちど大きく息をつき、扉を閉めて振り向く。

正面に、男が立っていた。

ぼくに眼鏡を掛けさせた若者ではない。彼なら今も、地面に蹲っている。ぼくと向かい合っている男は、四十代半ばで、痩せた体を少しくたびれた背広に包んで微笑んでいる。白髪まじりの癖っ毛と、笑みを浮かべてもなお鋭い眼が、どことなく獣を連想させた。

「ヤモト」足元の若い男が言った。「ヤモトコウスケ、警部」

「警……察官？」

声が上擦り、ぼくは口元を押さえた。

「俺がじゃないよ」

若い男はにやりと笑ったが、その一瞬だけ、頬に血の色がさした。

正面に目を戻す。痩せた年嵩の男が唇を動かしたが、声は聞こえない。

「これ、耳に入れてみて」

足元から手が伸びてきて、ぼくに小さなイヤホンのようなものを差し出した。白いイヤホンは、血で汚れている。

ぼくは仕方なく受け取った。

自分の手で可能な限り血を拭い去り、耳に入れる。

直後に聞こえた知らない声に本気で飛び上がった。

「君、三好さん」

巌のように厳格な声だった。

ぼくは反射的に背筋を正し、途切れ途切れに訊き返した。

「……名前……なんで」

「表札に書いてあるじゃないか。それより、悪いがその男を君の部屋に入れてやってくれないか」

問い返す言葉が、ぼくの口から零れる。

蹲ったままの若い男を見た。彼はいつの間にか目を瞑り、傷口を押さえて荒い呼吸をしている。

「救急車を」

「呼ばなくていい。呼べない事情があるんだ。早く。これ以上、誰かに見られたくない」

それでもぼくは逡巡（しゅんじゅん）した。どうにかして、傷ついた男を見なかったことにする方法を考え——ようとしても、突如として現れたヤモトの存在の不可思議さに思考を邪魔される。

「厄介ごとに巻き込まれていると思うなら、心配はいらない。ひとつだけ頼みを聞いてくれたら、俺たちは君の前から消える。だから、そいつを部屋に入れてくれないか。俺はこの通り、そいつに触れることもできない」

そう言うとヤモトは、足元の男の頭を叩くような仕草をした。ヤモトの手は男の頭をすり抜けてしまう。

ぼくは唾を呑み込んだ。

一体、何が起きているのかわからない。

とにかく今はヤモトの言葉を信じるしかなかった。下手に拒否すれば、事態はこじれるだろう。

ぼくは玄関扉を開け片足で押さえながら若い男の腕を引っ張った。若い男は呻き声をあげ、口の中で何事かを呟くと、這うように中へ入り、玄関に散らばっている靴の上に倒れた。

いよいよ呼吸が荒い。

振り返ると、いつの間にか室内に入っていたヤモトと目が合った。

「改めて、ヤモトです」

眼鏡の内側に、矢本耕介、と文字が現れた。ぼくは逃げるように玄関の角に背中を押し込んだ。

「これは何なんです。ＡＲ？」

「そのようなものだ」矢本は顎をしゃくった。「俺の体はここにはないが、こうして通信はできる。そう思ってくれればいい」

「警察のひと……なんですよね」

ぼくの口調に矢本さんは何かを感じたらしい。

心を見通そうとするように深く見つめてきたので、ぼくの胸が冷える。

「そうだ」

だから？　とは訊かれない。

ぼくは見えない手で首を絞められているようで、無意識のうちに何度も深く息を吸った。

「君も警察と関わるなんて嫌だろう。できるだけ早く済ませる。実を言えば、こっちもあまり公にできないことをしてるんでね」

その言葉にかすかな安堵を覚えた。

「ぼくに何をさせたいんです？」

矢本警部は深く頷いた。

「その男は、うちの刑事が使い始めた犬なんだ」

露骨な言い方の中に、様々な感情がこめられていた。犬呼ばわりするとき、矢本警部の目元が歪んだ。

「初めての仕事でヘマをして、怪我をした。だがちょっと状況が厄介でね。詳しくは言えないが、こいつをまともな病院に運ぶことができない。今夜、そいつ――名前はオイカワというんだが、オイカワは飼い主のところに情報を運ぶはずだった。この近所で待ち合わせをしている。そいつをここへ呼んできてくれないか」

「その人も刑事さん、ですよね……？」

「もちろんだ」

こみあげてきた溜息をぼくは呑み込んだ。

気持ちが、重く沈む。

「オイカワが刑事と待ち合わせている場所はわかってる。俺が案内するよ」

顔を伏せると、胎児のように丸くなっているオイカワと、沓脱(くつぬぎ)に広がった血だまりが目に飛び込んできた。

承知する以外に、ぼくにどんな選択があるというのだろう。

＊

オイカワを玄関に残して、ぼくたちは外に出た。

夜はさらに深まり、闇さえも息を潜めているように静かだ。

矢本警部は、ぼくのほんの少し前を歩いた。右耳に入れたイヤホンからは、アスファルトを踏む彼の靴音も聞こえて来る。だが街灯の下を通るとき、地面にはぼくの影しか落ちない。

幽霊と一緒にいるようで、寒気がした。

「……訊いてもいいですか」

矢本はかすかに笑った。

「答えられるかはわからないが、構わないよ」

「この――眼鏡は」

「〝籠(ケージ)〟」

「え？」

「〝籠(カゴ)〟と書いて、ケージと呼んでいる」

「……籠（ケージ）は、通信機なんですか？　矢本さんはどこかの警察署にいて、この光景を見ているとか？」

「そんなところだよ」

「じゃあ、今この会話を、他の人も聞いたり、見たりしてるんですか……？」

矢本警部の口元が歪んだ。

「なぜ、そんなことを訊きたがるんだ？」

「いえ、別に」

急いで答えて、それきりぼくは口を閉じた。

辺りは静かだ。

二度と明るくならないのではないかと思える黒い景色のなか、左耳からはぼくの足音だけが、右耳には二人分の地面を進む音が重なって流れ込んでくる。

唐突に、矢本警部は呟いた。

「三好雅彰（まさあき）君。あのアパートには一年前から住んでいる。今の職場の解体業者のもとで働き始めて七か月目――長続きしているほうだ」

心臓が大きく跳ね、全身が一瞬で冷えた。しかし、足は止まらない。

矢本警部は続ける。

「それまではいろんな職場を転々としている。半年ももたないのは、周りに素性がバレてしまうからかな。君が、八年前に葛飾区葛西で起きた、女子高生殺人事件の犯人だということが」

口の中が急速に渇く。矢本警部が感情のない声で事件のあらましを話す。

当時十七歳だった少女が高校の同級生の男子生徒に呼び出され、深夜、男子生徒の自宅の近くにある児童公園で会った。口論になり、男子生徒は揉み合っているうちに近くにあった石で少女を殴り、死なせた。

人々が鼻で笑いながら言う声が聞こえる。

『きっと犯人はその女の子にフラれたんだろうね』

……その通りだ。

「警視庁のデータベースで検索したら、すぐにわかったよ。そうか。君は人殺しなんだ」

思わず矢本警部を睨んでしまった。

だがホログラムの刑事は、ぼくに横顔を向けて素知らぬ表情をしている。

様々な言葉が、濁った感情とくっつきながら喉元までせり上がってきた。

ぼくの脳裏に十年前の記憶が甦る。

あの事件のときに関わった刑事たちは、みんな態度が乾いていて、事務的だった。ベルトコンベアを流れてくる部品を組み立てて、次の担当者に渡す作業のようだった。お決まりの言葉と手続きをこなす姿を見て、ぼくは確信した。ぼくにとっては人生の一大事だけれど、刑事たちにとっては数ある仕事のひとつに過ぎないのだ、と。

ぼくの内側にある嵐は、主義主張も感情もすべて、自分の中だけに留めておかなければならない。

足元を見ながら歩いた。地面は黒い川のようで、疲れているぼくの足は少しずつ沈んでいくように見える。

「ぼくは何かされるんですか」

声に生える棘(とげ)を折らずに問いかけた。

「さっき、ぼくのこと調べたんですよね。オイカワとかいう人、怪我してるじゃないですか。ぼくがやったんじゃないかって、疑われたりするんですか」

「内密に動いているんだ。今の、この会話も、俺しか聞いてない」

少しだけ安堵した。

そのせいか、ぼくはつい、舌の滑りを良くしてしまった。

「オイカワさんも、犯罪に手を染めたことがあるんですか？」

はっとなったのは最後の一音を自分の口から放り出した直後だった。

矢本警部の横顔が険しさを増したからだ。

思わず足を止めたが、矢本は歩き続けた。ぼくは慌ててあとを追った。

矢本警部は黙ったままだ。

ごめんなさい、と謝るのを憚られるほどの沈黙に押しつぶされそうな気持ちで、ぼくは入り組んだ住宅街を進んだ。

やがて、目の前に二車線の道路が広がった。

矢本警部はぴたりと歩みを止めた。深夜の今は車は走っていない。道路の向こう側に横並びになっている背の低い商店は、瞼を閉じるようにシャッターを下ろしている。

薬局の看板の前に、一台のセダンが停まっていた。

車内の明かりは消えている。エンジンもかかっていないようだが、運転席には人影があった。

「あれに乗っている男に声をかけてくれ」

ぼくは目を凝らした。暗いので、かろうじて男性であることしかわからない。

「名前はサガラ、ジン」

眼鏡の内側に『相良迅』と文字が現れた。

踏み出そうとすると、矢本の腕がさっと顔の前へ突き出された。

「眼鏡を外して、ポケットに入れろ」

「え？　ええ……」

言われた通りにする。

レンズがなくなった視界からは矢本警部の姿も掻き消えた。だがまだ、声は聞こえる。

「あいつに、俺のことは言うな。怪我をしたオイカワに頼まれて、この場所を聞いたとだけ話せ」

「なぜですか」

束の間、イヤホンからは何も聞こえなくなった。

「そのほうが、あんたのためだ」

何がどう『ため』になるのかわからないが、訊き返す勇気は矢本警部の頑とした声にねじ伏せられた。

「イヤホンも取れ。俺のことは絶対に黙っているんだぞ」

ぼくは従った。

とにかく今は言われた通りにして、少しでも早く刑事たちとの関わりを終わらせなければならない。

車道を渡り切り、セダンに近づいた。

運転席の人影はぼくに気づき、少し前のめりになったように見えた。

運転席の窓が開く。

座っていたのは若い男だった。オイカワと同い年くらいだろうか。矢本警部の説明が事実なら相良も警察官のはずだが、その顔は暢気(のんき)そうで、事件どころか厳しいと有名な警察学校の訓練すら突破したかどうか怪しく思えた。

「どうかしました？」

夜明けのように爽やかな声だった。

「あの、相良さん……？」

半信半疑で呼びかけると、相手の目つきが変わった。顔立ちそのものに変化はないのに、瞳の奥が怜悧に光る。本当に警官なんだなとぼくは思った。

「突然すみません。あの、ぼく」名乗りたくはないが、仕方がなかった。「三好といいます。この近くに住んでる者なんですが、あの、オイカワさんが……」

中途半端に言葉を止めたのは、オイカワの名前を聞いた相良が座席の上で大きく身じろぎをしたからだ。姿勢を正したというレベルではない。その動きは、あきらかな動揺だった。

「オイカワが何か？」

声まで低くなっている。わかりやすすぎる反応に、ぼくのほうこそ戸惑った。

「あの、怪我をして、ぼくのアパートの前に倒れていたので、それで」

ぼくの言葉は不自然に途切れた。

勢いよく開けられたドアが、ぼくの腹を打ったからだ。

「怪我？」腹を押さえているぼくを気遣うことなく、車を降りた相良は尋ねてきた。「あいつが怪我をして、あなたの家の前に？」

「……そうです」

相良の様子は、オイカワの怪我を案じているのではなく、オイカワの怪我が自分の責任となることへの恐怖に捕らわれているように見えた。

相良は激しく視線を動かし、口を薄く開いた。これからどうすれば自分の身が安全か、思案している顔だ。

「それは、ご迷惑をおかけしました」言葉では謝るが、頭は下げようとしない。「それで、あいつは……あなたに何か――言いましたか？」

窺う眼差しに気づかないふりをしながら、ぼくは矢本警部の言葉を思い出した。

「ええ、ここに相良さんがいるから、呼んできて欲しいと」

相良は目に見えて安堵した。

「はい、もちろん。ありがとうございます」

ぼくは相良とともに来た道を戻った。

道中、相良はほとんど喋らなかった。彼は眼鏡を掛けておらず、見たところ耳元にイヤホンもない。

「ひどい怪我なので、中に入ってもらいました。救急車は呼ぶなと言われたので……」

相良は小刻みに頷いて、ぼくが開けた扉の内側に滑り込んだ。

ぼくは扉を押さえたままそこにいた。

出て来たときとおなじ姿勢で、オイカワは沓脱に蹲っている。だがさっきよりも状態は悪化しているように見えた。目を瞑り、呼吸は浅くて、長い。

相良は膝をつこうとしたが、沓脱が血まみれなのを見てやめ、中腰の姿勢になってオイカワの頰に触れた。

相良はぼくを一瞥し、薄っぺらい笑みを貼り付けた。剣呑(けんのん)な光が眼に宿る。

「電話をしてきます」

そう言うと、ぼくを肩で押しのけて外に出る。

ぼくは扉を押さえたままその場にいた。

相良はアパートの入口まで進むと、ぼくが聞き耳を立てていないか確かめるように振り向き、ごそごそとポケットを探った。

取り出したのは黒縁の眼鏡。そして小さなイヤホン。ぼくは相良がそれらを装着するのを横目で眺めた。何事かを話す声は小さすぎて聞き取れなかったが、夜気を漂って唯一拾えた言葉は「矢本さん」だった。

ぼくはオイカワの顔を覗き込んだ。血の気はあるものの、脂汗が浮かび、固く瞑られた目は開く様子がない。意識があるかどうかもあやしい。少なくとも相良が見ているあいだ、オイカワは一言も答えなかった。

「えっ……」

相良は声を大きくした。

思わず彼のほうを見ると、相良ははっとしてぼくを振り返り、またすぐにこちらに背中を向けて話し始めた。

「本気ですか。でも……」

「相良さん？　何かありましたか」

「実は、ちょっとお願いがありまして」

相良の声は、本人に自覚があるのかないのか、複雑に揺れていた。

「お願い……？」

冗談ではない。一刻も早く立ち去ってもらいたいから従ったのに、このうえまだ何か頼んでくるのか。

撥ねつけたい気持ちを堪えているぼくの目の前で、相良はポケットから取り出した手帳に何かを書き付けた。

「本当に申し訳ないんですけど、ここにオイカワを連れて行ってもらえませんか」

渡されたメモには茗荷谷の住所が綴られていた。ここからなら車で十五分とかからない。

「夜中でも、ぼくの名前を出せば診療してもらえますから」

「ちょっと待ってください。ぼくに医者に連れて行けということですか」さっきは、普通の病院には連れて行けないと言っていたのに。矢本はそう言ったのに。

相良はぼくと目を合わせないようにしながら続けた。

「すみません。メモの住所にいるのは、廃業した元外科医なんです。こういうときに手を貸してくれる人物で――あまり詳しく話せないんです。ぼくの上司、じゃないんですけど、今一緒に仕事をしている人が、あなたに頼むようにと……いや、でも、おかしいですよね。なんでそんなことを言うんだろう。ぼくとしては、一般の方を巻き込むような真似はどうかと思うんですが」

ぼくはどきりとした。

相良はぼくが〝籠（ケージ）〟の存在を知っているとは思っていない。だから当然、矢本警部とぼくとのやりとりも知らないのだ。

もしかしたら矢本警部は、暗にぼくを脅しているのではないか。罪を償ったとはいえ、過去がバレたら暮らしは脅（おびや）かされる。相良はまだ三好雅彰の正体にはたどり着いていない。だが言う通りにしないと……どうなるか。

「わかりました……。協力します」

ぼくの口は勝手に返事をしていた。

「ありがとうございます。車は持ってますか？」

「……持ってます」

「良かった。僕のは警察車両なので、貸すわけにはいかなくて」

　ぼくは近くのパーキングに停めて置いた車をアパートの通路前に着け、二人でぐったりとしたオイカワを運んだ。とはいえ、ぼくはほとんどオイカワに触れなかった。相良は親切を装いつつ、服に血がつくたびに嫌そうな顔をしていた。

「ぼくはご一緒できないんです」

　オイカワを後部座席に横たえ、ドアを閉めると、相良は唐突にそう言った。

「この件で対処しなければいけないことがあって。説明できなくてごめんなさい。でも、あなたはこれ以上知らないほうがいいから」

「それは……知りたくもないですけど」

「さっきの住所に彼を届けたら、もう結構です。後日お礼に参りますから」

「気にしないでください」

　ぼくはエンジンをかけた。

　羊のぼくに今できることは、蹄で地面を蹴って安全地帯へと逃げることだ。

＊

　バックミラーに映る相良の姿が遠ざかったところで、ぼくは隠しておいた眼鏡とイヤホンを身に着けた。

フロントガラスに、助手席に座る矢本警部の姿が映っている。

「わかってくれて良かった」

ぼくは一瞬だけ隣に顔を向けた。

矢本警部が、生身の姿そのままに腰かけている。さすがにシートベルトは無理なようで、彼が警察官であることを考えると、そこが滑稽だった。

ぼくは低い声で問いかける。

「何がですか」

「俺があんたを脅していたこと。だから眼鏡とイヤホンを着けてくれたんだろ？」

気のせいではないだろう。

矢本警部の口ぶりは、さっきより気安くて――そう、残虐性を帯びている。オオカミが瀕死の獲物の内臓を、ゆっくりと食べていくような。

そしてぼくは、彼がそんな話し方をし始めた理由を想像し、危惧を抱いた。

話をずらすために話題を変える。

「さっきの相良さんという方は、その……とてもお若いんですね」

矢本は微笑んだが、その笑みはぼくの心の底を縮みあがらせるほど冷酷だった。

「俺はしばらく眠ってた。そのあいだに、警察組織もだいぶ変わった」

眠っていた？　ぼくの疑問を無視して、矢本警部は続ける。

「警察は社会の安全を守るなんて言うが、しょせんは組織だ。能力ではなく、縁故や義理が出世を開くこともあるし、間違った方法を捜査に取り入れることもある」

ぼくの胸が不穏に高鳴る。

矢本警部は何を言おうとしているのだろう。

「俺はね、三好さん。あの若造に逆らえない立場にされたんだ。信じられるか?」

さまざまな想像が頭の中を駆け巡った。

眠っていた――日陰の部署とやらに追いやられていたということだろうか。逆らえないというのは、戻ってきたら、上司が相良のような若造だった?

だが、職場の不満をなぜぼくに打ち明けるのだろう。

通りすがりの、犯罪者に。

「俺はあいつが嫌いだ」

ぼくは口を堅く閉じた。

バックミラー越しに、オイカワを見遣る。目を閉じ、もはや呼吸をしているのかもわからない。

「なのに、相良は俺にどう思われているかなんて気にしない。気にしたところで……俺が無力だってことを、あいつはよく知ってるからな」

「あの、いいんですか。ぼくにそんな話をして」

「そりゃ、だってぼくは……立場が立場ですし」

「意外か？」

「立場ね」

横目でそっと窺う。

矢本警部の横顔は、狩りに赴く獣の鋭気に満ちていた。

「そう、あいつにも——相良にも立場はある。たとえばこのゴミ」矢本警部は親指で後部座席のオイカワを示した。「こんなやつでも一般人だ。普通の病院に運べないのは、こいつの身内が少々厄介な相手だからなんだ」

「……矢本さん、やめてくださいよ」ぼくはかろうじて微笑むことに成功した。「怖いな、なんだか……」

ぼくは車のスピードを上げた。

一刻も早く矢本警部と別れたかった。この話の先には、踏み込んではいけない暗闇がある。

「三好さん。ちょっと車を停めてくれないか」

「急がないと——」

「頼むよ」

ぼくはのろのろと命令に従った。

Ｎシステムに車を捉えられるのを恐れ、意識的に幹線道路を避けて進んでいたので、停止したのは寝静まった住宅街の一角だった。

「振り向いて、オイカワを〝籠〟に映してくれ。いいと言うまで」

戸惑いつつも、言われた通りにする。

「わかった。もういいよ」

体を戻し、息を吐く。空気が肺から出きらないうちに、矢本警部は言った。

「あいつ、もうすぐ死ぬな」

「……だから急いで……」

「このまま死なせよう」

ぼくは自分の聴覚を疑った。

「何て……？」

「人目につかないところに放置すればいい。朝までには死ぬさ。君もそれで家に帰って眠れる。仕事で疲れているだろうに、悪かったね」

「矢本さん……そんな――」

「この会話は記録に残らない。何なら、オイカワが君のアパートにたどり着いてからのやりとりも消してあげる。オイカワは消滅するんだ。そして、路上で見つかる。相良は追及される。そうすれば、彼は今の地位にいられなくなるだろう」

「待ってくださいよ……そんな。そんなことしたら、矢本さんだって」

「俺はいいんだ」

「良くないですよ……大体、人を殺すことになるんですよ」

「殺すんじゃない。助けないだけだ」

「やめて……ください」

ぼくは顔を撫でた。自分のいる場所が、わからなくなる。

「初めてじゃないだろう。いいじゃないか、別に」

言い返そうとしたが、声は出なかった。

激しい怒りが炎となって喉を塞ぎ、熱で言葉が溶けてしまったのだ。

「大丈夫、言う通りにすれば迷惑はかけない。警察っていうのはそういう組織なんだよ。放り出して、帰るだけ。簡単だろ。な？」

ぼくは考えているふりをした。

しかし心は、さっきの一言でとっくに決まっていた。

ぼくは何も言わずに車を出発させた。

「それでいいんだよ」

矢本は見下す態度を隠さない。僕の頭の中には、蹄が岩を蹴る音が響いていた。

車を走らせた先は月島（つきしま）にある貸倉庫だった。

時計を見ると、午前四時を過ぎていた。夜明けまでいくらもない。別に太陽が昇ったところで困るわけでもないが、陽光は罪の意識がある者には眩しすぎる。

早く済ませよう。

「ここに捨てるのか？」

かすかな疑惑を含んだ矢本警部の声を、ぼくはイヤホンを引き抜くことで断ち切った。すぐに眼鏡も外す。

眼鏡とイヤホンをコンソールボックスにしまい、ぼくは後部座席のドアを開けた。覗き込むと、オイカワはうっすらと目を開けた。

肩で荒く息をつき、ぼくを見返す。唇は動かなかった。

「オイカワさん、着きましたよ。ちょっと失礼しますね」

オイカワを肩に担ぐと、ずっしりと重い。時間を要したが、なんとか倉庫の扉を開けることができた。

冷蔵設備もない貸倉庫だ。内部はおよそ二十帖ほど、打ちっぱなしのコンクリートが寒々しい。天井近くにひとつあるきりの窓から入る明かりだけが頼りだ。

倉庫内に置かれている荷物は、ふたつ。

ひとつは窓の反対側の壁際にある、ビニール紐を巻かれた古びた冷蔵庫。

もうひとつは、その隣に放り出してあるスポーツバッグ。

ぼくは壁際にオイカワを座らせた。

床の冷たさが刺激になったのか、オイカワがゆっくりと瞼を開けた。目を動かしてあたりを見ている。さすがに異常を感じたのか、唇が戦慄（わなな）いた。

出入り口の扉の鍵は閉めてある。逃げることはできないだろう。もっとも彼には、立ち上がる力は残っていないようだが。

オイカワを観察するぼくの背後で、小さな呻き声が聞こえた。

呻き声は、冷蔵庫から漏れていた。

オイカワにも聞こえたようだ。夢から醒めようとするように、何度も瞬きを繰り返している。

ぼくは冷蔵庫に近づき、ビニール紐をほどいた。

「気分はどう？　息苦しかったでしょう。そろそろ酸素が薄くなる頃だもんね」

扉は拘束が解けるとすぐさま開き、中から手足を縛られた状態の男が転がり出た。口にはタオルを嚙ませてあるが、窒息しかけていたのだろう。鼻の穴を膨らませて何度も呼吸している。

その醜悪な姿に、思い切り顔を踏んづけてやりたくなったが、堪えた。

「本当は明日にするはずだった。ほんとに、ぼくはツイてないよ。でも、不運だって利用はできる」

ぼくはオイカワのところへと戻り、彼の胸倉を摑んだ。オイカワはかすかに抵抗を示したが、痛みに捕らわれたらしく、拳を握って唸る。

ぼくはオイカワを、縛られて動けない男の眼前に転がした。

男の呻き声が大きくなる。

「……こいつ、誰……ここは——」

「オイカワさん。あなたは何も悪くない。むしろ、あなたもぼくとおなじ立場なんだろうなって思う」

スポーツバッグを開ける。

中に入っているものを、ぼくは床に並べた。

ハンマー、バール、ノコギリ、肉切り包丁。

呻き声が一段と膨れ、無様に響いた。

オイカワの声が、少しだけ輪郭を確かにする。

「お、い……。ここは、どこ……こいつは、誰、なんだ……」

ぼくは教えてやることにした。

「そいつが三好雅彰だよ」

呻き声も、尋ねる言葉も、止んだ。

ぼくだけが続ける。

「八年前にぼくの妹を殺した犯人だ」

そして、あのときの警察の態度も忘れられない。

未成年だから、突発的な犯行だからと名前も顔も世間には公表されず、直接話をすることも許されず、激しく詰め寄ると、公務執行妨害になると言われ、犯人の家族と話をしようとすると、脅迫罪が適用される可能性があると脅された。

そのときぼくには、本物の犯人と一緒に、警察がぼくを攻撃しているように思えた。

八年間、ぼくは三好雅彰を追いかけ続けて、やっと見つけた。そして昨日、帰宅してきた三好を背後から襲い、刃物を突き付けて車に押し込み、頭を殴って倉庫まで連れてきた。

午前零時、三好の住むアパートの部屋に戻った。電気を消して鍵をかけるためだ。身内にも見放されているような男だから、そのままでも平気かもしれないが、万が一ということはある。すると、部屋の前にオイカワが倒れていた。

「それなのにこんなトラブルに巻き込まれて。警察ってほんとに冷たいね。いちどは庇って守った犯人をさ、こんどは自分たちの争いの道具にしようとするんだから」

矢本警部と相良の確執について、はっきりとしたことは何一つわからない。

明確なのは矢本警部がぼくを自分の思惑に利用しようとしたこと。

だったらぼくだって、こいつを利用してやる。ただ放置するんじゃなく、この手で残酷にオイカワを殺したら、矢本だってただでは済まないだろう。

さっきは三好雅彰の名前と住所しか手に入れられなかったようだが、少し調べれば現在の顔や指紋も判明するだろう。ぼくが別人だと知られてしまうのは時間の問題。だったらそれまでに事を済ませてしまおう。

「なあ、三好。今からおまえに、これからおまえがどんな目に遭うか見せてやるよ。こいつ、オイカワっていうんだけど、こいつの体をちょっとずつ壊していく。指を潰して、目をえぐって、舌を切って、腹を割いて腸を引っ張り出す。それからおまえにおなじことをする。オイカワが少しでも長く生きられるよう祈っとけ。こいつが死んだら、すぐにおまえの番だから」

オイカワが口早に何かを呟いた。命乞いの懇願だったが、どの言葉もぼくの心には届かない。

ぼくは床に並べた道具類を眺めた。

最初はハンマーを使うことにした。足の骨を砕いて、絶対に逃げられなくするのだ。

「待て、やめろ」

存外にしっかりした声で、オイカワが訴えた。

ぼくは注意深く彼を仰向けにした。足首を踏み、爪先に狙いを定める。

「なんでだ、なんで、やめろ早く来いっ」

錯乱しているのだろう。弱い男だ。

ハンマーを振り上げる。注意深く狙い、ぼくは鉄の塊を振り下ろした。

だが次の瞬間、ハンマーの頭はコンクリートの床にぶつかって鈍い音を立てた。白い破片がぱっと散る。

逃げられた？　重傷者にしては素早すぎる動きに驚いて視線を上げると、彼は立ち上がっていた。

「なんだよ、それ」

オイカワのシャツがめくれ、膚（はだ）に貼り付けてあるビニールパウチが覗いている。パウチからは赤い液体が溢れているが、それが本物の血液でないことくらいは、混乱するぼくの頭でも理解できた。

「どういうことだ」

我を忘れて詰め寄った。

オイカワはぼくと距離を置くように後ずさったが、踵（かかと）が滑って尻もちをつく。同時に彼の片手が床に並べておいたバールを摑んだ。ぼくはオイカワに向かってハンマーを振り下ろした。

だが当たらない。

「やめろ！　待て！　おいって、早くしろ――」

闇雲に振り回したハンマーが何かを打った。バールを弾き飛ばしたのだとわかったのは、床に転がる金属音を聞いたからだ。

三好雅彰が激しく声を上げる。その声もまた、ぼくを追い立てた。

そのときだ。

倉庫の扉が破れるほどの勢いで開いた。

「やめろ！」反響した声は相良のものだった。

振り向くと眼前に、相良の顔が迫っていた。逃げる暇もない。ぼくの手首を摑んだ相良の指は鋼（はがね）のように力強く、気が付けば床に引き倒され、制圧されていた。

叫び続けた。倒されるのが、何でぼくのほうなんだ。いやそもそも、この状況は何なんだ。オイカワの怪我が嘘なら、全部が仕組まれたこと。それじゃまるで……ぼくの動きを読んでいたみたいじゃないか。

「そいつを殺せよ！　そっちが犯人なんだ、妹を殺したんだぞ！」

声だけは止まないが、頭では理解している。ぼくは失敗した。

＊

〝籠（ケージ）〟を起動したとき、矢本さんは不思議そうに僕を見た。

刑事たちの人工知能が眠るサーバールーム。その受付前の廊下で、灰色の背広を着た往年の名刑事は首を傾げている。

「三好の事件は解決したと思ったんだが。新しい問題が起きたのか、相良君」

僕は微笑んだ。

矢本さんと琴平さんは歳も近く、仲が良かったらしいのでつい比べてしまう。ハンサムで人当たりのいい琴平さんと、鋭い容貌の矢本さんは対照的だ。喋り方も同様、やさしく余韻を残す琴平さんの口調と違い、矢本さんは切り刻むように話す。でも僕は、どちらの口調も心地好いと思う。

「そうではないんです。特別な許可を取りました」

矢本さんはちょっと眉を寄せた。この人は、余分なものを嫌いそうだ。僕の歯切れの悪い話し方に苛立っているのかもしれない。

僕はサーバールームを抜けて施設内を歩き、外へ出た。

捜査車両に乗ってエンジンを掛ける。

隣に座る矢本さんに、まずは事件のその後を報告した。

「柳原匠（やなぎはらたくみ）ですが」これは、三好雅彰を誘拐し、彼になりすましていた被害者の兄の本名だ。

あの夜、僕はハンマーを振り上げて及川を殴ろうとした柳原を止めた。気が急いて柳原の手首を強く摑んでしまい、彼に捻挫を負わせてしまった。

「取り調べにはおとなしく応じています。及川にしようとしたことは、公の記録には残しません」

「そうかい」

僕は少し、黙った。

「……矢本さんが及川を柳原に託したのは、追跡の意味もあったでしょうけど、本当は彼に思い留まってほしかったからですか。柳原が及川を偽医者の元に連れて行っていたら、あなたはもしかして、その間に僕に三好を助けさせて――」

矢本さんは答えない。

負荷がかかりすぎたコンピューターそのものの、静かな沈黙だ。

僕は助手席に座る矢本さんの横顔を見た。

琴平さんと矢本さんの違いは容姿や喋り方にとどまらない。

足と勘を重視するクラシックな刑事だった琴平さんに対して、矢本さんはアメリカで行動心理学を学び、犯人検挙に役立てる頭脳派の刑事だった。

矢本さんが今回の件に加わったのも、彼の分析力が通用するのかを試すためだった。

ようやく目を開いた矢本さんは、はっきりとした口調で言った。

「俺のしたことがもし、今の時代の倫理観と照らし合わせて不適当だったら、遠慮なく俺のデータを消去してくれ」

僕は黙って運転を続けた。

しばらく経って、矢本さんが訊いてきた。

「及川はどうしてる？」

「死ぬかと思った、土下座しろ、精神的苦痛に対する賠償を求める、と元気に喚いています」

「なんであんなやつを使ってるんだ？」

「システムのことを知られていますし、一般人の反応を見るためにも、ちょうどいいかと」

矢本さんは鼻で笑った。

「俺がその話を信じると思うか？」

そうは言うものの、それ以上のことは訊いてこない。

不思議に穏やかな間を挟んで、矢本さんは続けた。

「それで、話の枕はこれくらいでいいか。これからどこに行くんだ」

「それは着いてからのお楽しみにしたいので、黙っておきます」

「これも実験のひとつなのか？　人工知能の思考実験」

声には不快感が滲んでいる。わざと気取らせるように話しているのかもしれないが、僕は悲しくなった。

「そんなふうに言わないでください。僕はあなたたちのことを、魂の残像のようなものだと思っています。その、幽霊というのかな……」

「新種の幽霊か。自分がそんなものになるなんて、思ってもみなかったな」

車は目的地に近づいた。

矢本さんが少し落ち着かない様子を見せる。なんでこんなところに用があるんだ、と戸惑っている様子だ。

車を停めたのは都心にあるチャペルだった。ホテルに併設された施設で、イギリス式庭園の一角にある。生垣越しに、日差しを浴びて輝く教会の内部が見えた。

「降りましょう」

僕に続いて、矢本さんも車のドアを通り抜けて外へ出た。

その横顔をそっと窺う。

僕たち生身の刑事は、人工知能化された先輩刑事と組む際に、システムに慣れるために会話をする。琴平さんからいくつかの昔話を聞かされたが、そのなかに友人だった矢本さんの話もあった。

琴平さんは家族思いな人だった。子供には恵まれなかったが、仕事で何日も家を空けたあとには、どんなに疲れていても奥様にプレゼントを買って帰るくらいに。

対して、矢本さんは。

仕事に熱中するあまり家族は持たなかった。

それどころか、妊娠した恋人をアメリカに行くという理由で捨てた、らしい。仕事はできるが冷たい男。犯人を心理面から追い詰めていく手法と相まって、生前はオオカミと綽名（あだな）された。

「あなたは毎年、会ったことがない娘さんの誕生日に花を買っていたと琴平さんがおっしゃっていました。あなたの娘さんは母親の再婚相手を本当の父親だと思って育ったから、一生会うこともなかった」

胃癌（いがん）が見つかり、手術の甲斐なく病院で亡くなったときも、矢本さんは一人だった。最期まで手掛けていた事件の行く末を気にしていて、とうとう娘に会いたいとは言わなかったそうだ。

冷徹な男。だが琴平さんだけは、矢本さんが年にいちどだけ買う花の理由に気づいていた。

「見てください」

大きなガラス窓の内側で、着飾った人々が起立している。

祭壇の前では白いドレスを着た花嫁と、背筋が伸びた花婿が向かい合い、神父の前で誓いの言葉を述べようとしている。

花嫁の傍らには、幸せそうな初老の男女――花嫁の両親もいる。

「たぶん、あなたは見たがるだろうと思って。僕の独断であなたの起動を申請しました」

「ひどいことをしやがる」

「……すみません」

「おまえじゃない。琴平が、だ」

混乱する僕を気にせず、矢本さんは続けた。

「どうせ琴平から俺のことを聞いたんだろう。あいつは、いつかおまえがこんな行動を取るように期待しながらおれのことを話した。ひどいやつだ。どうやったらおれが泣くか……知ってやがる」

矢本さんの右手がゆっくりと顔を覆った。

僕は眼鏡を外した。

誰にも見られていなければ、一匹だけで狩りをしてきたオオカミも、好きなだけ涙を流せるかもしれない。

Ver. 4.0　ラブソング

イントロ　相良迅

木下和生（きのしたかずお）の家族はもう母親だけしかおらず、高齢の彼女は生まれた町である山梨県北杜（ほくと）市にひっそりと暮らしていた。

僕は公休を使い、自費で出かけたのだが、事情が事情だけに琴平さんを連れて行く許可が下りた。

年老いた母親、美弥（みや）さんは、一人住まいの一軒家の玄関先で僕を出迎えてくれた。遠くに八ヶ岳（やつがたけ）の山並みを望む、静かな町。美弥さんの兄一家は駅前で民宿を営んでおり、美弥さんも手伝っているそうだ。いかにも長い時を受け止めてきた風情の平屋は、屋根が歪んでいるものの、日々の暮らしを温かく包むようなやさしさに満ちていた。

ひんやりと薄暗い廊下を案内されながら、尋ねられる。

「遠いところ大変だったでしょう。今日は電車で？」

「いえ、車で来ました」

車を見かけなかったからか、美弥さんが、あら？　と首を傾げる様子を見せたので、僕は知人に車の運転を頼んだが、その知人は警察関係者ではないので、しばらく近くを観光してもらっていると話した。

「お友達が？　ご一緒に来ていただいても大丈夫だったのに」

「いえ、彼もこのあたりをドライブしたいと言っていましたから」

咄嗟に浮かべた笑顔の裏で、僕は『お友達』と呼ばれた及川の苦い顔を思い出していた。運転を頼んだ時点で、なんで俺がと文句を言い、用件を話すと、俺はいなくていいだろうと喚いた。

確かに及川は来なくてもいい。だが連れて来た。今後彼が担う役割のために、できるだけ僕の言うことを聞く状態に慣らしておきたかった。

きれいに整えられた和室に入ると、僕はまず仏壇に手を合わせた。田舎(いなか)ではどこでもこうなのかもしれないが、天井近くに故人の遺影がずらりと並んでいる。日々この世にいない刑事たちの幽霊と話をしている僕にとって、写真の視線は物足りない。

「東京は今、どんな感じなのかしら」

「相変わらずかもしれません。渋谷や新宿はずいぶん変わりましたけど、お住まいだった新座のほうは静かなんじゃないかなあ」

琴平さんは庭に向かって開け放たれた障子の前で後ろ手を組んでいた。

「もう紅葉が始まってるんだなあ。東京じゃこんなふうに季節を感じる機会がないね、迅君」

　そうですね、と答えたいのを僕は我慢した。

　僕が飴色の卓につくと、美弥さんがきれいな緑色のお茶を淹れてくれた。

「ありがとうございます」

　丁寧に一礼すると、美弥さんは僕の向かいで正座をした。

　頭を上げた僕は、美弥さんを観察する。

　歳は六十代後半、元気そうで、背筋もまっすぐだ。化粧をしているのは客を迎えるためかもしれないが、素顔でいても若やいで見えるだろう。

　そんな彼女は、この技術を見たらどんな表情をするのだろう。

　亡くなって二年しか経っていない息子が蘇ると話して、受け入れてもらえるだろうか。

　拒絶されたりしたら、今回の計画は台無しになる。

　手が汗ばむのを感じた僕の視界の隅で、琴平さんが動いた。

　彼は卓の横に折り目正しく膝をつき、背筋を伸ばした。

「私から話をしよう」

　頷いて、僕は美弥さんに向き合った。

　あさっての方向を見たり、ひとりで頷いたりしている僕が不思議なのだろう。目を瞬かせて、何か言いたげな表情を浮かべている。

僕は傍らに置いた鞄に手を掛けた。

「すみませんが、この眼鏡を掛けていただけますか？」

Aメロ　王子

週末の数時間、俺は王子様になる。

とある女の子のためだ。

とはいっても、彼女は恋人ではない。

「佳人君、さあどうぞ」

扉が開かれるのと同時に名前を呼ばれる。その声は年齢を感じさせる撓みと、色褪せない少女性の甘さに彩られている。

俺は丁寧に一礼して、玄関に足を踏み入れた。

「お邪魔します」

完璧な礼儀作法を見せる。今の俺はさながらおとぎ話に出て来る王子様のようだろう。

だが、ここは宮殿ではない。

ごく一般的な、二階建て住宅の玄関だ。

俺を迎え入れた女性が嬉しそうに言った。

「待ってたのよ。今日は腕によりをかけたの。チキンはお好き？」

好きです、と答えながら、俺は極上の笑みを頬に貼り付けた。

この人の詳しい年齢は聞いていないが、四十歳にはなっていない。瞳にべっとりと夢の膜を貼り付けた、すらりとした体形の女性。

身に着けているのは紺色のスカートと淡いピンクのサマーセーター。でも本人の動きは、ドレスと王冠に彩られているかのように柔らかい。

「これ、おみやげです」

俺は提(さ)げていた紙袋から花束を取り出した。

中年女性の表情がぱっと輝く。

「まあ、ありがとう。なんてきれいなの」

「どこかに飾ってください」

中年女性は見切り品として売っていた三百円の花束を抱えた。いくつかの種類の花を抱き合わせにしてセロハンでくるんだものだが、薔薇(ばら)は開き切っており、カスミソウはうっすら黄ばみ、名前のわからない小さな黄色い花はいかにもおまけという感じだ。

だが花束を見つめる女性の目に、醜い現実は映っていない。

彼女は花の香りをたっぷりと嗅いでから、うしろにある階段に向かって声を張り上げた。

「りっちゃーん、佳人君が来てくれたわよー」

はあい、と澄んだ声が響き、ぱたぱたと二階の廊下を歩く足音が聞こえた。

その声と足音に、俺の体の奥底がぽっと熱くなる。

やがて階段を踏みしめる白い爪先が現れ、伸びやかなふくらはぎと、キュロットスカートの裾からわずかに覗く太腿へと続き、男の子のような胸を通り過ぎて、見慣れた顔が現れた。

全体的にすべてのパーツがくっきりとしている。ベリーショートの黒髪と、陸上部に所属しているため小麦色に日焼けした肌を持つ、背の高い少女。

「……こんばんは、理奈さん」

やさしさを塗りたくった声で、俺は彼女の名前を呼んだ。

理奈は一瞬、噴き出す寸前のように唇を歪めたが、すぐに元に戻った。

「来てくれてありがとう。佳人君」

貴婦人のように脚を曲げて挨拶をする。今度は俺が笑いそうになった。

「さあ、どうぞ。上がってちょうだい」

中年の女性――理奈の母親・麻衣子さんが、玄関右手のドアを開ける。

俺はもういちど一礼し、そのドアをくぐった。

中はダイニングルームだ。きしむ床と全体的に年季の入った家具。掃除が行き届いた部屋の真ん中のテーブルには、豪華とは呼べないが丁寧に調理された料理が載っている。

今日のメニューはチキンソテーとサラダ、ご飯と味噌汁のようだ。

「見て。きれいでしょう」

俺が渡した花を花瓶（かびん）に活け、麻衣子さんはテーブルの真ん中に置いた。

「わあ、すごーい。佳人君が持ってきてくれたの？」

理奈の驚き方はちょっと大袈裟だ。俺は理奈に目線で知らせたが、理奈もわかっていたらしく、麻衣子さんが見ていない隙に舌を覗かせた。

「佳人さん、座って」

麻衣子がイスを示したが、俺は下座へ回り、ふたつ並んでいるイスのひとつを引いた。

「どうぞ」

「……まあ」

女性の頬がばら色に変わる。

「ありがとう」

スカートをつまんで、麻衣子さんがイスに腰かける。

俺は隣のイスも引いた。

こちらは理奈の席だ。

理奈はまた笑いを噛み殺したが、すぐに表情を整えた。

「どうも」

「あら、理奈ちゃん。ありがとうございます、でしょう。せっかく佳人君が親切にしてくださったのに」

明るかった理奈の目が翳りを帯びた。その変化が、麻衣子さんの瞳に映ることはない。

理奈は、内面の揺らぎを隠した声と口ぶりで応えた。

「ありがとうございます、佳人君」

俺も彼女の反応に倣う。

「どういたしまして、理奈さん」

こうして俺も席につき、晩餐が始まった。

薄暗い照明の下で、俺は箸の動かし方ひとつ、会話の細部まで気を抜かない。

「佳人君、もうすぐ中間試験なんでしょう？　お勉強は進んでる？」

「はい、頑張ってます。でも気は抜けません」

「あなたいつも成績がいいんですってね。理奈から聞いてるわ」

「十位から下になったことないよね、学年で」

母親の心をくすぐる台詞を零した口でチキンソテーに嚙みつく理奈の目には、俺に対してだけ通じる謝罪の光がある。

俺は受け止めて、麻衣子さんに微笑む。

「そうですね。でも、できれば一番を取りたいです」

「偉いわ。理奈も見習いなさい」

「はあい」

俺はサラダを少しだけ食べた。

野菜は新鮮で、チキンソテーもちょうどいい味だ。だがスムーズに会話をするためには、口の中を一杯にしてはいけない。腹が減っているとついがっついてしまうから、ここに来る前にコンビニでコロッケを買って食べてきた。

「それで、佳人君」

「はい？」

麻衣子さんに話しかけられるたび、俺は笑顔とやさしい声音と礼儀正しい口調を装備する。

全身が強張るような時間は、たとえ一時間でも長い。


食事を終え、お茶をもらい、後片付けの手伝いを済ませると、時刻は二十一時近くになっていた。

「ごちそうさまでした。とても美味しかったです」

玄関に戻った俺はふたたび深くお辞儀をした。

麻衣子さんもおなじように一礼する。

「おそまつさま。また来てくださる？」

「もちろんです。こちらこそ、いつもいただいてばかりで」

「いいのよ。うちはいつでも。理奈と仲良くしてくださって、本当に嬉しいんだから」

俺は頭を掻き、『照れている男子高校生』の表情を作る。あまり大袈裟にならないようにと気を付ける。

「わたし、そこまで送ってく」

自分の靴に足を入れた理奈を、俺は制止した。

「もう遅いから、危ないよ」

「佳人君は本当に紳士ね」

「じゃあ、すぐそこまで。家の門の前までならいいでしょう？　ね？　ママ」

麻衣子さんは頰に手をあてがった。

「そうねえ……。佳人君、この子の我儘を聞いてくださる？」

「我儘だなんて。僕こそ理奈さんと少しでも長く一緒にいられて嬉しいです」

我ながら鳥肌が立つような台詞だ。

理奈がそっと玄関ドアのほうに顔を向け、吐く真似をしたのが視界の端に映った。

うっとりと微笑んでいる麻衣子さんに見送られて、俺たちは玄関を出た。

ドアが閉まる。

同時に、俺も理奈も嘆息した。

「……あー、胃に詰めたもの全部ゲロりそう」

「やめろ。トイレ行けよ」

理奈の言葉遣いも俺の口調も、麻衣子さんの前では決して使わない荒々しさを帯びている。お互いに必要なプロセスだ。仕事でストレスが溜まり切ったサラリーマンが、ビールを呷って息を吐くのと同じ。

二人とも声は潜めている。ドアの向こうの麻衣子さんに聞かれてはならない。

俺たちは玄関の前を離れた。

さっきまでの窮屈な時間を振り落とすかのように、理奈は腰に手をあてがって大股で歩き、俺はぼりぼりと首筋を掻く。

「はい、これ。いつもありがとう」

暗がりだが、何なのかはわかる。

千円札が三枚。

「悪いな。いつも」

俺はお札を受け取った。

「こっちこそ。毎週毎週、お疲れ様」

「俺はまあ、メシ食って話してるだけだからいいけどさ」

「嘘だ。めちゃくちゃ神経使ってるじゃん」

「そうだけど。おまえだって大変じゃない？　三千円も。千円マイナスしてくれていいよ」

理奈は大きく頭を振り、髪の毛を乱した。

「それじゃ申し訳ないよ。君、花なんか持ってきて、あれ自費でしょ」

「売れ残りだよ」

「学校であたしと付き合ってるって噂になってるらしいじゃん。君の名誉も汚してるんだから、これでも安いくらいだよ」

「名誉って」

もともとそんなもの、俺にはない。そんなこと理奈だって知っているくせにと思ったが、俺はこれ以上、そのことについて彼女と会話をしたくなかった。

「来週は来なくていいよ。試験勉強があるから忙しいってことにする」

「ああ、うん」

俺の胸に乾いた風が吹き込んだ。それは『寂しい』と呼べる感覚だったが、言葉にはしない。

門に手を掛けたところで、理奈が声を上げた。

「あ！」

「……ん？」

「その次の週なんだけど。あたし誕生日なんだよね」

俺の口が勝手に開いた。

誕生日とはまた、恋人たちの一大イベントではないか。

「誕プレ、ママが見てるところで渡してくれるかな。お代はもちろんこっち持ち」

「いや、でも」

「最初に言ったでしょ、経費は全部持つって。請求してくれないなら、今日の花束代も勝手に渡しちゃうよ？」

「わかった。何か選ぶよ」

「いやいや、あたしが用意しておく。君には事前に渡すから、それを持って来てくれるフリでいい」

喉元までせり上がって来た反論を、俺はなんとか飲み下した。

「そうか。じゃあ……また」

「うん。明日学校でね」

軽く頷いた。明日、学校で。だがクラスが違うので、俺たちは学校ではほとんど会話はしない。それどころか目を合わせるのも極力、避けている。

だから理奈の顔を間近に見て、飾らない自分のままで会話できるのは今このときだけなのだ。

俺は沈んでいく心に逆らいながら門を開けた。

道路に踏み出したところで、意を決して振り返る。

手を振ろうとしたが、理奈はもう俺に背中を向けていた。結局理奈は玄関に入るまで俺を一度も振り返らなかった。

胸の奥が乾く。

漏れそうになった溜息を呑み込んで、俺は秋の気配が沁(し)みこみ始めた夜空の下を歩き出した。

Bメロ　姫

あたし、櫻田(さくらだ)理奈が葛見(くずみ)佳人に声を掛けたのは、二学期が始まって間もなくのことだった。

クラスこそ違えど、佳人のことは知っていた。

彼は有名人。なにせ二年生に進級してすぐ、国語の女性教師と体育倉庫で交わっているところを別の教員に発見されるという、大変な騒動を起こした人物だから。

けれど事件の前から、佳人はそのテの噂が絶えなかった。

——あの子、小学六年生で塾のバイト教師とヤッてたんだって。

初めて聞いたのはそんな話。それ以外にも、中学生のときには駅前の喫茶店のスタッフと女子高生に二股をかけていたとか、おなじ中学の生徒と月替わりで付き合っていたとか、とにかく下半身方面の武勇伝がたくさん。しかし噂だけとはいえないことを、皆、特に女子はわかっていた。

佳人には色気がある。

スポーツをしているとかバレエを習っているというわけでもないのに、すらりとしたやさしい体つきをしている。背もあまり高くなく、中性的な魅力がある。男の子は勘違いしがちだが、逞(たくま)しい体は女子から見ると身の危険を感じさせ、色気を見出す手前で止まってしまう。顔も良すぎれば気後れする。

その点、佳人は顔立ちもおとなしげで、やわらかな肩の線や目尻にほんのりと何かが香るような、不思議な魅力を持っていた。

そんな佳人も、例の事件以降はおとなしくなったと、噂で聞いた。

未成年者との行為は犯罪である。国語教師は学校を去り、佳人は一週間ほど学校を休んだが、停学ではなく自主的な謹慎だったらしい。自分の人生を犠牲にしてまでセックスをするべきではないと、彼も気づいたようだ。少なくとも、学校の中ではそういうことになっていた。

そんな、夏の終わり。

あたしは学校を出る佳人を尾行した。

佳人は徒歩通学で、誰かと一緒に帰っている様子はなかった。もっとも彼の立ち位置が特殊なので、友達はあまりいないらしいが。

学校を出て十五分ほど。

おなじ制服を着ている人影がなくなったところで、あたしは声を掛けた。

「ねえ、君。ちょっと話があるんだけど」

色事で災難を被った直後なのだから、性を感じさせない雰囲気がいいだろう。

あたしは普段、男子の前では使わない投げやりな言い方をした。

佳人は最初、自分に向けられた言葉だとは気づかなかったようだ。ちらちらと、左右に目を配っていた。

「君だってば。ええっと——名前が出て来ない……ほら、国語の岸谷先生と……」

さほど大きな声を出したわけではなかったが、佳人はひどく慌てて振り返った。

目を見開き、驚きの表情を貼り付けていても、佳人には不思議な美しさがあった。動揺や苛立ちといった類の雑事はすべて彼の上辺を滑っていって、内側にある固く守られた何かは小揺ぎもしない。

――なるほど、とあたしは頷いた。

彼に触れてみたくなる女たちの気持ちが、あたしにも理解できてしまった。

「あれ、違った？　プレイボーイ君じゃない？」

なんとか明け透けな口調を保ったが、そうするのにどれだけの力を使っていたか、佳人に想像できただろうか。

「嫌がらせか？　てか、あんた誰だよ」

「おなじ学校の櫻田。三組だよ」

「……葛見」

「ねえ葛見君。君、バイトしない？」

佳人は顔を歪めた。犬が牙を剝くような、わかりやすい拒絶だった。

「頼みたい仕事があるんだけど」

仕事？　と佳人が尋ねるのを待って、あたしは用意しておいた台詞を口にした。

「あたしの王子様になってくれない？」

……束の間の沈黙。

やがて我に返った佳人は短く、寂しげに笑い、それから大袈裟な仕草で周りを見回した。

「罰ゲームか何か？」

そう言われるとは思っていたので、こちらは動じない。

「みたいなものかな。あたしの人生が」

「あんた面白いね。病院行った方がいいよ」

「行ってるよ。あたしのママが」

佳人の目の色が変わった。

驚きと、罪悪感。そしてかすかな好奇心。

あたしは確信した。この子は色事に狂っているわけじゃない。ちゃんと十代の『普通を』持っている。

「話、聞いてくれる？」

あたしは緊張を顔に出さないよう注意して彼の反応を待ったので、佳人の顎がしっかり頷いたときには、危うく快哉（かいさい）を叫びそうになった。

歩き出してすぐ、佳人のほうから尋ねてきた。

「どういうこと？」

あたしはなるべく簡潔に、暗くならないように話した。

あたしの父はあたしが生まれる前に亡くなった。事故や病気ではない。母はそのできごとのせいで、心に深い傷を負った。その傷は母の心の一部を「少女」に戻してしまった。

「……もっと詳しく言ってくれないとわからない」

あたしは歩道の隅に彼を連れて行った。ここからは、さらなる慎重さが要求される。

「ママは一見、立ち直ったように見える。仕事もちゃんとしてる。ママの父親、あたしの祖父が社長を務める不動産会社の支店で事務をしてるの。他は普通なんだけど、一か所だけ、困ったところがある。あたしのことを……えーっとね」

何度も頭の中で繰り返してきたとはいえ、この一言を出すのはさすがに恥ずかしかった。

「お姫様だと思ってるの」

佳人は一瞬、驚いたように目を光らせた。

あたしは畳みかける。

「もっとふさわしい言い方があるな。ママはあたしで人形遊びをしてる。うん、これ」

「人形遊び……」疑問符はついていない。それなりに、呑み込んでくれた感じだ。

あたしは自分の思考を整理する。

「……例えば、職場ですごく礼儀正しい男性を見つけたとするでしょう。そうすると、その人にあたしと恋愛させようとするの。相手の気持ちも、あたしの気持ちも関係なく。ママは自分の恋愛が、どう言ったらいいかな……理想の結末まで行かなかったから」

佳人はゆっくりと瞬きをした。

目元に落ちた睫毛の影が柔らかで、なぜかあたしは夏休みの終わりに見た、地面に落ちているセミの死骸を思い出した。生と死の強烈な落差。色気というものには、死の匂いがつき纏うものなのかもしれない。

やがて佳人はそっと尋ねてきた。

「……おとぎ話の結末みたいな、『二人は幸せに暮らしました』がこなかった？」

あたしは頷いた。

「そう。結婚式もなし。子供が生まれてから挙げるはずだったから」

「あんた今、彼氏は？」

「この環境で作れると思う？」

「まあ……大抵の男は逃げるだろうな」

「そうだね」

どんな家の子なのか、成績はどうなのか、過去に補導歴がないか、どんなお友達がいるのか——そんなことを嗅ぎまわる母親がいる女の子を、誰が相手にするだろう。あたしはたった一度の頷きに、過去の行程のすべてを含ませた。

「なんていうか。ママの恋は家族愛に進化するまえに凍結しちゃった。ママはあたしにママの中の成長できなかった夢見る乙女を投影してるの。やめてほしいけど、ママの精神状態を考えたらそんなこと言えない」

佳人は沈黙した。あたしたちのあいだを、夏の匂いを残した風が通り抜ける。あたしはなぜか、この風や、空気の蒸し暑さをずっと忘れないんじゃないかと思った。

やがて、あたしは切り出した。

「……おじいちゃんがね、ママは本格的に治療したほうがいいんじゃないかって言うの。あたしも来年の今頃は受験の準備で忙しいし、なにより自立していかなきゃ。長野のほうにそういう治療が得意なお医者さんがいて、そこに入院するのはどうかって。ママにはまだ言ってない。その前に、ママの心配をひとつ、取り除いておきたいんだ」

佳人の目に、疑問と納得が重なって浮かんだ。

「ママの期待通りの王子様があんたにいれば、入院の話も受け入れてくれるんじゃないか。そういうこと？」

「そういうこと。週末にうちで一緒に晩ご飯食べてくれたら、それだけでいい。一回につき三千円払う。お金の出所は、うちのおじいちゃん。おじいちゃんにも事情は話してあるから」

「それ、俺じゃまずくないか？　あんたのママは相手の素性も調べるんだろ。俺は年上の女と寝まくってる男だぞ。理想の王子様とはほど遠いだろ」

「そこで、君の演技力ですよ」あたしはふざけた調子になりすぎないように気をつけながら言った。「君は同年代の男の子と違う。女ってものをよく知ってる。それは、相手が母親くらい年上でも同じだよね。ママに気に入られるくらい、朝飯前でしょう」

あたしの心臓はどきどきしっぱなしだった。

佳人はまたゆっくり瞬きをし、あたしの緊張が限界に達するまでこちらを観察していたが、ようやく口を開いた。

「……まあ、やってもいいけど」

「やった！」

あたしは飛び上がり、佳人は口元を綻ばせた。

「しかし面白いな、あんた」

「そう？」

「俺、色気があるんだろ。みんなにそう言われる。でもあんたには、そうは見えてないみたいだ」

見えてるよ。

あたしは言葉を呑み込んだ。何か気の利いた嘘を言えれば良かったのだが、残念ながら思いつかなかった。

あれからもうすぐひと月。

ニュースでは紅葉の知らせが聞こえ始めた。もうすぐ、あたしの誕生日がやってくる。

サビ　王子様と刑事たち

誕生日、という言葉が、あんなに軽く聞こえたのは初めてだった。

大抵の女はその言葉を口にするとき、たっぷりとした期待をこめてくる。さあ、私にどんな贈り物をくれるの？　その贈り物を私が気に入るかで、あなたが私をどれだけ理解しているかわかるのよ――。

体だけの繋がりであったはずなのに、プレゼントをねだるときだけ女たちは強欲になった。まるで贈り物の価値が、そのまま自分の価値であるかのように。俺は他人に判断基準を任せてしまうそのやり方が、いつも悲しかった。

だが今回は、品物を要求されもしなかった。喜んでいいはずなのに、俺の心は沈んだ。意地になっていると言っても良かった。理奈は俺の雇用主なのだから、記念日に礼をするくらいしてもいいはずだ。そんなふうに思う理由について、もう目を背けることはできない。

俺は櫻田理奈に惹かれている。

今まで寝てきた女たちに対しても、愛情めいたものはあった。けれどその愛情は、すべてが自分の性欲に紐づけされたものだ。理奈に抱いている感情とは違う。理奈へ感じるのは、素晴らしい歌を聞くとか、空の青さに気づくとか、そういう感動と似た何かだ。

これを恋と思っていいのだろうか。

考えてみると俺は、今までまともな恋愛をしたことがない。

十代にとってはひとつのゴールラインであるセックスに、いきなりたどり着いてしまったので、途中の景色を知らないのだ。

知らないから、この気持ちが恋かどうかもよく分からない。

理奈との夕食会の翌日、月曜日。

放課後、俺は一人で駅前のショッピングモールへ出かけた。

さまざまな店がびっしりと詰まった建物の中に、色とりどりの商品が並んでいる。群れているうちは魅力的だが、ひとつだけ持ち出せば途端に色褪(いろあ)せて見えるものもある。

選んでいるうちに、俺の中には焦りが募り始めた。何を贈ればいいか分からない。

思えば俺は、それほど真剣に女への贈り物を選んだことがなかった。

雑貨屋の店先でティーカップを眺めているとき、すぐ隣に人が並んだ。

俺よりは背が高いが、小柄な男だ。問題は相手が、商品ではなく俺の手元を見ていることだ。

指が長くてきれいだと言われたことは何度もある。そう言うのは女ばかりでもなかった。

逡巡(しゅんじゅん)していると、いきなり声を掛けられた。

「彼女にプレゼントするの？」

親しげな口調だった。

俺は振り返り、相手の顔を睨んだ。

整ってはいるが、気弱そうな顔つき。黒縁の眼鏡はあまり似合っていない。こんな時間にショッピングモールをうろついているのだから学生だろうが、それにしては落ち着きを感じさせた。

「この色なんか似合いそうだもんね、櫻田理奈さんに」

息が止まる。

眼鏡の男は、俺の目を見て微笑んだ。

「ごめんね、突然話しかけて。君は昨夜、櫻田さんの家に行っていたみたいだけど、理奈さんの彼氏なの？」

「……何なんですか。あなた」

理奈の、元……彼氏？

考えただけで全身が冷たくなり、逃げ出したい衝動が血管を駆け巡った。

男は笑みを深めて、手に持ったものを俺の前に差し出した。

本物は初めて見る。

「え。警察……？」

ドラマなんかでよく見る、黒い身分証。

「警察庁の相良迅警部補です」

握りしめた拳が、動揺に呑まれて緩んだ。

「どこかでお話できるかな？」

そう言って、相良は首を傾けた。

ショッピングモールの地下にある喫茶店に入ると、相良は一番奥の席に座った。

「葛見佳人君だね」

「なんで名前――」

「何にする？　もちろんこっちのおごりだよ」

メニューを広げた相良の顔は相変わらず幼く見えたが、俺は外見に惑わされないようにしなければ、と自分を戒めた。

「じゃあ、コーヒー。アイスで」

相良は眼鏡を押し上げると、店員を呼んでアイスコーヒーを二つ注文した。

「実はここ数日、櫻田さんの情報を調べていたんだ」

ぞっとした。

だが警察は尋問相手の手の動き、瞳の動きなどからでも心の中を読み取るという。俺は気をつけながら尋ねた。

「理奈が……何か？」

相良の目の奥で何かが揺れた。

「君は、櫻田さんの恋人、ということでいいんだね？」

躊躇はあった。

しかしそれは、嘘をつくことへの迷いではなく、肯定したあとに何を聞かされるのだろうと身構える気持ちからくるものだった。

「……そうですけど」

相良は背もたれに体を傾けて、足元に置いた鞄に手を掛けた。

探っている様子だったので、俺は視線を逸らした。昼下がりの店内は適度に混んでいる。

「葛見君。これを掛けてみて」

差し出されたのは、相良の顔にあるのと同じ眼鏡だった。テーブルの上で傾けたとき、レンズが淡い虹色を帯びた。

「それから、これも耳に入れて」

小さなワイヤレスイヤホンだ。スマホと連動させるタイプのものよりも小型で、耳に入れていたら目立たないだろう。

俺は、相良の耳元を注視した。

髪に隠れているが、おなじ型のイヤホンが片耳にだけ挿しこまれている。

「——AR装置、ですか」

「若い人はすごいね。説明する手間がかからなくて助かる」

「警察は、こういうのも使うんですか」

予算はどこから出ているのだろうと思ったが、俺はイヤホンを自分の耳にねじこみ、眼鏡に手を伸ばした。まったく違う景色を見せるＶＲではなく、現実世界の中に架空の景色を混ぜ込むＡＲなら、そこまで怖がらずに覗ける。

ピーポ君でも出てきて、捜査協力に関する決まりなんかを解説するのだろうか。

そんな気持ちで眼鏡の弦(つる)を耳に掛けたとき、俺は自分の脳がバグを起こすのを感じた。

誰もいなかったはずの隣の席に人がいる。

恐ろしさに竦(すく)む心を叱咤(しった)しながら顔を向けると、スーツ姿の中年の男と目が合った。

整った容貌の男だ。

その姿は、デジタル画面のようではなく肉と布地の質感を備えている。

「コトヒラ警部補」

相良の紹介と同時に、レンズの内側に『琴平隆一』と文字が浮かんだ。

「やあ」琴平の深い声が、右耳に広がった。

相良は琴平とテーブルを挟んで向かい合っている男を手で示した。

「そちらはキノシタさん」

木下和生。

こちらも、レンズに文字が現れた。

堂々としている琴平と違い、木下は日陰で育った植物のように生気がない。歳は三十代後半というところだろうが、目つきは神経質そうで、俺と目が合うと逃げるように視線を逸らした。

「木下さんはつい先日人工知能になったばかりだから、まだ慣れていないんだ。亡くなったのも、二年前だしね」

俺の頭の中を情報と想像が駆け回り、結びついた。

拡張現実装置（AR）と人工知能（AI）……そして『亡くなった』という言葉。

俺は立ち上がった。

「座って」

相良に素早く、けれど、柔らかく命じられ、俺は座り直した。

「死人をＡＩにして甦らせた……？」

「そんなものだと思ってくれていいよ。僕らはこの装置を〝籠（ケージ）〟と呼んでる」

誇らしげな相良の声が、俺にはひどく不気味だった。

「相良さん」

木下が遠慮がちに口を挟んだ。

「話を始めませんか。わたしは……あまり長くこうしていたくは……」

琴平が木下に目を向けた。

厳しい目つきではなかったのに、木下は身を守ろうとするかのように俯いた。

店員が飲み物を運んでくる。

俺たちの前にグラスがふたつ置かれるのを待って、相良は切り出した。

「じゃあ、説明しよう。櫻田理奈さんのお母様には、会ったことがあるよね」

「はい」

「お父様のことも聞いているかな?」

「……ああ、ええ、まあ」

「どんなことを聞いた?」

俺は束の間、目を瞑った。

「……殺されたって」

「知っているなら話が早い」

俺は相良の落ち着きが憎らしくなった。

理奈の父親は麻衣子さんのお腹に理奈が宿ってすぐの頃、自分の弟に殺された。理由は、殺人犯のポピュラーな動機――「兄貴が幸せなのが許せなかったから」。

当時板橋に住んでいた理奈の両親は、高校在学中に付き合い始めた。卒業後は、二人共進学せずに働き出したという。一方理奈の父親を殺した弟は都内の国立大学に進学。もともと成績が良く、容姿にも恵まれていたらしい。だが友人ができず、恋愛も長続きしない。

おまけに情報商材ビジネスに手を出して借金を抱え、ついには家族にも見放されたらしい。

自分は不幸になったのに、劣っていたはずの兄は幸せでいる。

正気を失った弟は、ある夜、兄を呼び出して殺害した。

理奈の父の体は切り刻まれて、思い出の場所にばら撒かれた。小学校、子供の頃によく遊んだ公園、高校、そして頭部は理奈の母親と初めてデートした遊園地の観覧車の中に。その遊園地はもう廃業したが、取り壊されるまでのあいだ心霊スポットになっていた。

「犯人の名前は知ってるかな」

「束田、タケシだったか、タカシだったか」

「それも理奈さんから？」

俺は少し言い淀んだ。

「……ググったから」

「ぐぐる？」微妙な発音の主は琴平だった。

「インターネットで検索することです。グーグルっていうインターネットのサイトがあるでしょう」

「なあ迅君、そのことなんだが、Yahoo! で調べてもググるっていうのは変じゃないか？……すまん、黙るよ」

相良が笑いを押し殺す中、俺はＡＩの自然な音声に面食らっていた。最先端の音声合成装置でも、こんなに自然な聞こえ方はしないだろう。音声データを豊富に保存したに違いない。

「東田崇（たかし）」

相良の声と同時に、レンズの内側に名前と、男の写真が現れた。

暗い目をした若い男だ。

「でもこの人は捕まって、まだ刑務所ですよね」

「もうすぐ出所する」

絶句した。

理奈の顔が脳裏をかすめて、気持ちが焦る。

「木下さん、お願いします」

木下は硬い表情をしていた。彼だけなら、よくできたポリゴンと言われても信じる。

「わたしは東田と面識のあった警官です。東田のことが気になって、収監後も会っていました。わたしには、彼が吐く言葉のうしろに、企みがあるように思えました。模範的な様子を見せているのは、外に出たらやりたいことがあるのではないかと」

木下の指は強くズボンを摑んでいる。

「やりたいことって……」

あるひとつの予感を覚え、俺の声は沈んだ。

「杞憂なら、いいんです。でも、気になって」

「いいから言ってください」

「櫻田理奈さんに……何かするんじゃないかと」

喫茶店の穏やかなざわめきが遠くなった。

誤魔化すような何かという言葉のうしろにぼかされた、醜悪な目的が一瞬で理解できた。理奈は東田崇が憎んだ兄の忘れ形見。美しく成長した兄の命の欠片を、犯人が許すはずがない。

静けさを破ったのは相良だった。

「可能性の話だよ」大きな音を立ててアイスコーヒーを啜る。「確証があるわけじゃない。いや、むしろまったくといっていいほどない。東田は模範囚だし、犯行があんなに残虐でなければ、もっと早く釈放されたかもしれない」

「……理奈がどこに住んでいるか、東田は知ってるんですか」

「知らないとは言えない。今は、人を追いかけやすいからね」

「先に出所した人間が、理奈たち母娘の居場所を東田に教えた……？」

「ないわけじゃない」

「なんでそんなやつを野放しにするんですか」

右耳からは唸り声と溜息が聞こえたが、目の前の生きている刑事はそっと唇を舐めた。

「司法の問題について、ここで議論するのはやめておこう。僕たちは最悪の事態を阻止するために来たんだ」

「阻止――できるんですか」

相良は続けた。

「僕たちで、理奈さんを護衛する。東田崇が理奈さんを襲うつもりなら、襲いに来たところを捕まえればいい」

「……でもそんなの、いつ襲いに来るかわからないじゃないですか」

「プロファイリングによって、東田崇の行動は予測してある。理奈さんの誕生日、もうすぐだよね？」

「誕生日に襲う？」

その残虐さにはさすがに胸を打たれた。だが考えられないことではない。兄の遺体をバラして思い出の地に捨てた男だ。

「そこで、とても申し訳ないんだけど……その」

「はっきり言ってください」

「……君たちには囮（おとり）になってもらいたい」

「わかりました。理奈に話してみます」

「理奈さんには話しちゃ駄目なんだ」

相良ではなく、琴平が言った。

「どうして」

「君だけならともかく、メインターゲットである理奈さんが警戒していたら、東田崇は出てこないかもしれない」

琴平の声の深さも、俺の怒りを鎮める効果はなかった。

もっとも危険な目に合う人間に何も知らせないなんて信じられない。第一、俺は。

「理奈を騙すなんて……」

気が付けば俺の手は拳を握り、細かく震えていた。自分のどこか冷静な部分が、激しい怒りを抱く己に驚いていた。

琴平が相良に目くばせをした。

相良は身を乗り出した。

「一昨年かな。君、高校受験が終わってすぐ、街で知り合った女性と関係を持ったね」

忘れかけていた思い出が蘇る。いつもピンクの口紅をつけていた女で、詳しい年齢も職業も知らない。三回寝て、俺の素性を探ろうとされたので連絡を絶った。

「彼女とのセックスは気持ち良かっただろう。当然だよ。彼女は始める前に、ラムネみたいなお菓子を君に食べさせたね？」

いや、と俺は否定しようとした。記憶にある。だがセックスドラッグの知識くらいはあるので、口に含むふりをして捨てていた。体には入れていない。

「もちろん黙っておいてもいい。君が僕たちに協力してくれるなら」

俺は相良を睨んだが、相良は泰然としている。

「——卑怯だ」

相良の顔から表情が抜け落ちた。

「そうだね。でも僕は、犯罪を防ぐためなら卑怯者にもなるよ」

Aメロ　王子

相良たちと別れたあと、俺は一日かけて考えた。今後の行動をどうするか、ではない。それはすでに決まっていた。

翌日、登校すると教室に入る前にトイレに行き、ルーズリーフに頭の中で組み立てておいた文章を書き連ねた。それを小さく折り畳んでポケットに入れ、人目につかないように昇降口へ戻る。

理奈の靴箱の奥に手紙を入れておくと、放課後、俺の靴箱に掌サイズに折られた返信が入っていた。

その場で読みたいのを我慢して、帰宅。自分の部屋ではなく、トイレで広げて読んだ。

刑事たちが人工知能なら、間違いなくネットも使用しているだろう。ならば俺たちが普段連絡するのに利用しているメッセージアプリでは、傍受される恐れがある。

俺が理奈に宛てた手紙には、読み終えたら捨ててくれと書いたが、理奈からの返信では、燃やすと綴られていた。それがいいだろう。俺もそうしよう。

だが、初めて見る理奈の文字はたおやかで、どうしても火を点けられなかった。まして文末の、『打ち明けてくれてありがとう』の一文を見てしまったら。

俺は折り目に沿って丁寧に畳み直し、どこに隠すか迷った挙句、音楽の教科書の隙間に挟んだ。

俺たちは手紙でのやりとりを重ねつつ、メッセージアプリ上でもいつも通りのやりとりをした。懸念したのは、相良が接触してくる前の会話で、俺たちが雇用主とアルバイトの関係であることがバレてしまうという点だった。おれたちは相談の上、それと窺えるやりとりだけを消去した。

改めて確信する。俺は理奈を愛している。

好きになった人を、裏切ることなどできないということを今さらながら理解した。

中間テスト期間のしらじらしい日々が過ぎて、とうとうその日がやってきた。

七時、俺の枕元のスマホが鳴った。

「おはよう、葛見君。今、電話大丈夫かな？」

今日は午後一時に理奈と待ち合わせをして、ショッピングモールの中の映画館に行く。そのあと近くの公園を散歩する。映画館では相良が近くに待機し、ＡＩの刑事たちが監視カメラの映像をつねに見張り、何かあれば相良に連絡が行く。公園でも同様だ。襲われる公算は、公園のほうが高いらしい。

——そのほうが楽しめるからだって。

と、相良は言った。

——映画館だとすぐ捕まるからだと思うだろ？　そうじゃなくて殺しに長い時間を掛けられないからだ。あの公園ならあまり人がいないから、うってつけなんだって。

それが相良の考えではないことくらいわかる。警視庁にはＡＩ化された刑事が何人もいるのだろうか。死人の思惑にのせられているのかと思うとぞっとした。

「……おはようございます。大丈夫ですよ」

俺はスマホを耳にあてたまま毛布を被った。隣の部屋では両親が寝ている。

「葛見君、いよいよ今日だね。恋人に隠しごとをするのは心苦しいだろうけど、理奈さんならきっとわかってくれるよ」

素直に同調したほうが怪しまれるだろう。

俺は不満を滲ませつつも、今日の段取りを確認した。

正午を待って、バスに乗った。

理奈とはメッセージアプリ上でやりとりをする。ごくありふれた高校生のカップルの会話を、人工知能が見張っているのかどうかはわからない。彼らは、俺たちが本物の恋人同士ではないと知れば驚くだろうか。どんなに技術が発達しても人の心は秘境だ。

ショッピングモールの地下に小さな噴水のある広場がある。そこで、相良が待っていた。

「これ、目に入れてくれるかい」

差し出されたのはコンタクトレンズだった。

「これって、ＡＩの刑事が見えるやつですか」

「そう。眼鏡だと、理奈さんが違和感を持つかもしれないから」

予想外だった。理奈には手紙で、〝籠（ケージ）〟の件は伝えてあるが、コンタクトレンズもあるとは思わなかった。眼鏡がなければ、刑事たちに盗み聞きされていると思わないかも知れない。

「君が見る景色は人工知能たちも見る」

そう言って、相良はイヤホンと、小さなマイクも寄越した。

俺は受け取って、トイレに向かった。

俺はコンタクトレンズを装着する前に、メモ帳に理奈宛ての手紙を書き付けた。

映画館は建物の最上階、七階にある。

エレベーターで上がると、目の前に理奈が待っていた。

だが、いたのは理奈だけではない。上映予定作のポスターの前に、先日とおなじ服装の木下が佇んでいた。

「佳人。こっち」

理奈が手を振り、俺の名前を呼ぶ。

甘えが滲むやさしい声は、いつもは絶対に出さない音色だ。恋人にだけ聞かせる声なのだろうか。理奈が過去に付き合った男たちは、この声を甘受していたのだろうか。

「……今日はよろしく」

「うん、よろしく」

理奈は手に小さな紙袋を提げている。

話していた偽装の誕生日プレゼントではないだろうか。気になったが、尋ねるのは憚られた。理奈は眼鏡を掛けていない俺に、刑事たちの耳目がついているとは思わないはずだ。迂闊(うかつ)なことを口走られたらまずい。

だが、理奈は賢い女だった。

眼鏡をしていなくても刑事がそばにいる可能性については考えたようだ。腕を組み、肩を寄せてきた。どう見ても恋人同士だ。

「映画の前に、何か買おうよ。ポップコーンとクリームソーダ奢(おご)って」

その口調は誕生日デートを楽しむことしか考えていない女の子そのものだ。

俺は彼女の芝居に感心しつつ、態度を合わせた。

「いつもクリームソーダじゃん。たまには違うの飲めば」

「別にいいでしょ。そっちだってコーヒーばっかじゃん。紅茶にすれば」

これは俺が、櫻田家での夕食後、コーヒーか紅茶どちらかと聞かれると、必ずコーヒーと答えているからだろう。

偽物の恋人同士だというのに、俺たちには共通の体験がある。

そんなことでも心が淡く揺らぎ、俺は改めて、自分が肉体経験しか持たない精神的な童貞であった事実を思い知らされた。

売店でポップコーンと飲み物を買い、シアターの扉をくぐる。木下は雑踏のなか、行きかう人の体を通り抜けながらついてきた。その後ろに相良もいる。ラフな服装に身を包んだ相良は休日を楽しむ大学生にしか見えない。その姿は警察官のイメージとはかけ離れている。

俺たちは席についた。

「映画観るの久しぶりだよ。楽しみー」

恋人を装う理奈の声はあくまで明るい。

俺はＣＭが始まった画面に顔を向けたままバッグを漁（あさ）り、メモ帳を理奈に差し出した。

理奈は戸惑うように身じろぎしたが、すぐにメモ帳を受け取ってくれた。

俺はメモ帳が俺の手に突き返されるまで待った。

「あ、あたしのポップコーン、キャラメルにしてくれたんだ」

「……そのほうがいいかと思って」

「うん。嬉しい」

映画が始まる。

服を着たまま肩を寄せ合うだけで特別な時間になるなんて、理奈と出会う前の俺は思いもしなかった。

Bメロ　姫

観賞した映画はハリウッドのアクションもので、何十年も前から主役の俳優を代えてシリーズが続いている大作だった。観たのは初めてだったが、なるほど面白い。こんな状況でなかったら引き込まれもしただろう。けれどあたしには、物語に浸る余裕などなかった。

佳人はしきりに斜めうしろを振り返った。

多分そこに刑事がいるのだろう。あたしまでそっちを見るわけにはいかない。

あたしはときどきポップコーンを口に入れ、クリームソーダを啜り、何も知らずデートを楽しんでいる女子高生を装った。

エンドロールが流れ始めたとき、右側から小さな異音が聞こえた。隣の座席にいる佳人の耳元から聞こえた音だった。風の音にも似ていたけど、恐らく人の話し声だ。イヤホン越しに、刑事が話しかけたに違いない。

「そろそろ行かない？」

佳人が出口を指し、あたしは頷いた。

自然に見えるよう心掛けながら周囲を気にすると、あたしたちが立ち上がってすぐに、二列うしろの座席に一人で座っていたお兄さんが席を離れた。大学生みたいに見えたが、佳人が教えてくれた警察官とは彼のことだろうか。

映画館を出るとまたすぐに、佳人のイヤホンから声が漏れてきた。

「……この近くに公園あるじゃん。ちょっと行かない？」

「えー？　公園だけでいいのお？」

あたしはからかってみせた。

「やめろよ」

佳人は慌てた様子で、自分の唇に指をあてがったが、目の奥には感心している光がある。

公園へと向かう。

道中、映画の話や、学校の話をする。時折、佳人の返事が虚ろになるのは、耳に仕込んだイヤホンで刑事の指示を聞いているからかもしれない。

佳人はだんだんと人けのないほうへ進んで行った。

緑あふれる昼間の公園は日差しが温かく、人影がなくても寂しくはない。

あたしは周囲へ目を配ったが、雑草が生い茂る遊歩道沿いには、不審な人物はいないように思えた。

「ねえ、ちょっとトイレ行っていい？」

遊歩道の脇にある小屋のようなトイレを指すと、佳人はあきらかに躊躇った。視線が固定され、沈黙する。

「どうしたの？」

何をしているのかはわかっていたが、知らないふりを決めこむために尋ねた。

佳人はこちらを見て、頷いた。

「いや。どうぞ。俺、待ってるから」

中に入ると公園のトイレらしいアンモニア臭が鼻を突く。男子トイレと女子トイレが『誰でもトイレ』を挟んで平行に並んでいた。

三つある個室はすべて扉が開いていた。

念のため、誰もいないか確認する。こういうとき、海外ドラマなんかではトイレ内に犯人が潜んでいないか、刑事が先に入って確認する。あたしたちを見張っている刑事たちも、セオリー通りならおなじことをしたのだろうか。佳人の手紙には女性警察官の存在は窺えなかったが、いくら人工知能でも監視カメラのないトイレ内までは見張れないのではないか。

あたしは、洗面台の前に立った。

紙袋にしまっておいたものを取り出す。くるんでおいたタオルを外すと、煤(すす)けた空間の中で包丁の刃が白く光った。

「ごめん、ほんとに」

佳人。クラスの中の誰よりも女に恵まれた男の子。ふとした仕草がはちみつみたいに金色の糸を引き、雌(めす)たちの本能を刺激する。みんな気づいていない。その内側にある心はもっと素敵なことに。

あなたに声を掛けたのは、あなたが母の望み通りの王子様を演じられると判断したからだった。

受けてくれるかどうかは五分五分だった。

教師との火遊びで人生に傷をつけかけたあなたは、女性が絡むすべてに警戒している。だが同時に、周りから白い目で見られるようになったあなたには、プライドを保つための何かが必要だったはずだ。その何かを、あなたを男として必要としていないあたしが持ち込めば、乗ってくれるかもしれないと思った。

目論見は当たった。あなたは母の前で完璧に振舞ってくれた。でもそれだけじゃない。

あなたの言葉の端々から、あるいは瞳の奥から、漏れ出す特別な想いを見たときのあたしの驚きと喜びといったらなかった。

警察に脅されても、佳人はあたしに誠実であってくれた。

その意味はもう明らかだ。

だから、本当に、本当に、悪いことをしていると思う。

包丁をもういちどタオルでくるむ。刃が見えたら警戒されてしまうから、できるだけ丁寧に。紙袋もバッグも置き去りにして、女子トイレの出口からそっと佳人を窺った。

佳人は誰かと話をしているようだ。話している相手の姿は見えない。きっと幽霊の刑事がそこにいるのだろう。

トイレから出たあたしは、佳人のほうへ向かわず、男子トイレの前を横切って歩道を駆け出した。公園の地図はあらかじめ頭に入れてある。この歩道は二十メートル先で二股に分かれており、その先は深い森だ。少しの間なら、監視の目を振り切れる。平日の日中、散歩する者はいないだろう。

舗装の砂利が靴の下で音を立てた。

「理奈っ」

うしろで聞こえた声に一瞬、足が止まりかけたが、すぐに走り出した。

追いかけて来る靴音が聞こえる。あたしは大きく腕を振ったが、分かれ道に差し掛かったところで肩を摑まれてしまった。

　容赦のない力で振り向かされる。その力は恐怖を感じるほど強く、あたしは泣きそうな顔をしたと思う。

「なにやってるんだ！　どうし」

て、と続けた声は佳人の舌の上で溶けた。

　彼の目は、あたしの挙げた右手に吸い寄せられていた。タオルがめくれて、包丁の刃が覗いていた。

「なんで……？」

「許せるわけないでしょ」あたしは急いで言った。「ママの人生を潰したやつだよ。そいつにやっと会えるんだよ。何もしないなんて、ありえないでしょ」

　佳人の動揺の隙を突いて腕をふりほどこうとした。だが佳人の手は、加減なくあたしの手を握りしめた。大きな掌の中であたしの指が悲鳴を上げる。

　思わず苦痛の声を漏らすと、佳人はすぐさま力を緩めた。

「考えてみてよ。もう一度束田崇が捕まっても、死刑にはならないんだよ。せいぜい何年間か刑務所に入るだけ。食事できて寝るところがあって、病気になれば医者に診(み)てもらえる。そんなこと、あたしのパパはできないんだ。ママだって、パパが生きていて夫婦喧嘩(ふうふげんか)の一つもできれば、人生違ってたはず」

あたしは大きく腕を振る。佳人の指は戸惑いに震えていた。

「今、何もしなかったら、あたしは一生後悔する。ママみたいになりたくない」

佳人は考えるように瞼を閉じる。束の間の瞑目だった。しかし、彼はそのわずかな時間で心を決めてくれた。

顔を上げた佳人は、耳からイヤホンを抜き、襟元のマイクを握った。

「悪い、相良さん。俺は」

佳人は目に指をあてがい、薄い光の膜のようなコンタクトレンズも外した。痛みを伴う行為だったのか、涙が一粒、両方の頰を流れた。

「行こう、理奈。一緒に」

あたしたちは駆け出した。

うしろを追いかけて来る人がいたかはわからない。分かれ道に飛び込み、足が痺れるまで駆けた。息切れと足首の痛みに限界を感じて足の動きを緩めると、佳人も隣でゆっくりと立ち止まった。

見回すと、周囲は深い林と背の高い草に覆われていた。

林の外には民家の屋根が見える。しかしそれらは、ずいぶんと遠くに感じられた。

右手首を引っ張られた。

抵抗しながら振り返ると、佳人があたしの右手から包丁を奪おうとした。

「何するの」

「俺がやる」

強い決意に満ちた佳人の目は、底が窺えない。

「だめだって言っても、返さないからな。どう考えたって俺の方が東田に勝てる可能性は高い」

あたしは佳人の顔をじっと見つめた。

この人はあたしのために罪を犯そうとしてくれている。

教師と寝て騒ぎになるどころじゃない。マスコミに嗅ぎつけられてネットで晒されて、その傷の深さは確実にあなたの人生を変形させてしまうだろう。

あたしは尋ねた。

「どうして……？」

「おまえのことが好きだから」

あたしの頭の中で、昔ママから聞いた言葉が大きく響いた。

恋って本当に恐ろしいものなのよ。人生が食べられてしまう。

……あの言葉を自覚する日があたしにも来るなんて。

佳人があたしの指から包丁を外して、あたしはもう抗おうとはしなかった。

佳人が周囲を見渡す。あたしも見回したが、叢にも木の陰にも人の気配はない。

「もう少し歩こう」

あたしは頷き、ふたたび足を進めた。

遊歩道の先に、いちだんと暗い場所がある。石の鳥居があるので、神社が建っているのだろう。誰かが隠れるには絶好の場所だ。

東田崇はどこかに隠れて様子を窺っているのだろうか。どのみち、彼があたしを狙っているのなら、そろそろ現れるだろう。

「理奈」

「うん」

「俺は別に、いいんだ。経歴なんかとっくにぼろぼろだし。でも人を殺すなんて、理奈には……してほしくない」

あたしへの思いの深さを改めて確信した。同時に、歓喜した。やっぱり、良かった。この人にして。

あたしは両手でタオルを掴み、勢いに任せて包丁の刃をむき出しにした。

「理奈？」

戸惑いが生んだ隙を逃さない。

包丁の柄をしっかりと握り、柄頭に左手を添えて刃を寝かせた。挿しこんだ時、佳人の肋骨（ろっこつ）の隙間を突き通すためだ。

体ごとぶつかったが、佳人に避けられてしまった。

「なんでっ、何するんだ！」

佳人はよろめき、叢に尻もちをついた。

あたしは答えない。

佳人は踵で草を掻きながら、あたしを見上げた。

その表情に、あたしは悲しくなる。

束田崇はパパが恋人と幸せそうにしているから殺しただけではない。まず、束田崇はパパの幸せの源であるママを強姦（ごうかん）した。すべてを知ったパパは怒りに任せて弟と話をつけるために二人きりになり、そして殺されてしまった。あたしが生まれたのはパパが殺された八か月後。

それでもママはあたしを産んだ。

自分を強姦し、愛する男を殺した犯人の子供を。

真実を知ったとき、あたしはママになぜそんなことをしたのか尋ねた。

ママの答えはこうだ。

あなたを不幸にするためよ。いつかあなたを愛する男が現れたら、私はその人を殺してやるの。あなたを私とおなじ目に遭わせてやりたい。

正直に言う。初めてそれを聞いたとき、あたしは「すごい」と思った。自分の子供を憎めるくらいに、一人の男を愛したなんて。たとえそれが狂気でも、あたしはその狂気を美しいと思ってしまったのだ。あたしは今朝、もういちどママに訊いた。今でも、あたしに不幸になって欲しいかと。ママは「もちろんよ」と答えた。ママの決意が薄れなかった今、あたしはこうするしかない。

包丁を振り上げる。佳人が何かを叫んだ。刃先が、あたしへの愛を打つ心臓を目指す。背後から衝撃がきたのはそのときだった。

弾き飛ばされながら見た顔は、東田崇ではなく、映画館で見かけた若い刑事だった。

サビ　刑事たち

二日後、僕は警視庁を訪れていた。

葛見佳人と話すためだ。

聴取を終えた葛見佳人はすっかり疲れた様子だった。だが愚痴のひとつも口にしない。それどころか彼は最後の一礼まで礼儀正しく、必要なことしか喋らなかった。今回は事が事だけに、彼の保護者には曖昧な話しかしていない。廊下で待っていた母親と並んで帰る葛見佳人の背中は、最後まで凛としていた。

「大丈夫ですかね」

僕はぽつりと漏らした。

「さっきの説明で、葛見君が納得したとは思えません」

僕は〝籠(ケージ)〟越しに、琴平さんとその隣に立つ木下巡査の顔を見た。二人とも何かを祈るような目をして葛見佳人を見送っている。

僕は、木下巡査が背負った過去を思った。

十七年前、交番勤務だった彼は夜の警邏(けいら)中にある青年と擦れ違った。知っている青年だった。東田崇。以前、東田家の親子喧嘩の声がうるさいとの通報を受け、出向いた際に顔を見たことがある。東田崇は、一見すると怒りっぽいだけの普通の青年に見えた。

――こんばんは。お巡りさん。

東田崇はにこやかに挨拶をした。

そのとき木下巡査は、東田崇の晴れやかな笑顔に引っかかるものを感じたそうだ。だが木下巡査は自分の勘を無視した。親子喧嘩の現場を見たことがあるからという理由で、自分が東田崇に偏見を持ってしまっていると考えたそうだ。

のちに木下巡査は、このときの東田崇がこれから兄を殺しに向かっていたことを知る。

木下巡査はこのときのできごとについて口を噤んだ。東田崇も、特に言及はしなかったという。

事件後、木下巡査が勤務していた交番を櫻田麻衣子さんが訪れたそうだ。木下巡査が被害者の葬式に来てくれたお礼ということだったが、木下巡査は東田崇と擦れ違ったことを思うと心穏やかではいられなかった。

櫻田麻衣子さんは自分のお腹を撫でながら、「赤ちゃんがいるんです」と言った。

「あの人の子供なんです」

木下巡査は被害者の忘れ形見だと思い、祝福の言葉を贈った。しかし直後、櫻田麻衣子が浮かべた笑みを見た木下巡査はぞっとした。殺人に赴く東田崇の顔に浮かんだのと同じ、明るすぎる笑顔だったからだ。

このときの不安と、あの夜、東田崇を止められなかった後悔はずっと木下巡査のなかに残り続けた。

何ができるわけでもない。そして二年前、木下巡査の肺にステージ4の癌が見つかった。自分が長くはないことを知った木下巡査は、人工知能として刑事の思考パターンを保存する計画があることを知り、開発者たちに直談判をした。自分の、この不安を遺しておいてほしい。人工知能と刑事の勘の融合が目的なら、サンプルくらいにはなるだろうと。

その訴えは受け入れられ、木下巡査本人が亡くなったあとも、彼の一部はサーバーの中で生き続けた。

そして、半年ほど前のこと。

東田崇は刑務所の中で亡くなった。

他の服役囚と喧嘩になり、殴打された際、打ちどころが悪く呆気なく。しかし問題は、喧嘩の原因になった束田崇の言葉だった。束田崇を死亡させた服役囚は妻からの手紙をとても楽しみにしていた。束田崇は愛情を大切にする様子を「くだらない」と罵ったそうだ。

——俺は兄貴の女をレイプしてやった。怒り狂う兄貴は簡単に殺せたぜ。

法律を破る人間にも譲れない正義というものはあるものだ。束田崇を殴った男にとって、愛情を踏みにじる行為がそれだったのだろう。挑発のつもりだったかもしれない一言は束田崇の命を奪い、木下巡査の憂慮を肯定したのだ。

木下巡査は俯き、拳を震わせた。

「本当に、こんなことになるだなんて。想像だけで終わってくれていたら、どれほど良かったか」

「君は凄いよ」励ましたのは琴平さんだ。「君の想像はほとんど当たっていたじゃないか」

僕も頷いた。

人工知能となった木下巡査と話したとき、彼は「考えすぎかもしれませんが」と前置きしたあとで、不安に思っていることを話してくれた。

女性が、憎い男の子供を大切な人の子供と偽って産もうとするとしたら、その目的は復讐なのではなかろうか。

——刑務所にいる本当の父親を苦しませるために、娘を虐待するとか？

と、僕は尋ねた。

しかし調べても櫻田麻衣子が子供に危害を加えている様子はなく、精神不安定なところはあっても、警察が乗り出すほどの事案ではない。

だが木下巡査は諦めなかった。

――わたしが本当に恐れているのは、その先の想像です。この不安が杞憂に終わることを、どうか確かめさせてください。

そして木下巡査が僕に話したシナリオは、最悪の一言では追いつかないほどひどいものだった。

僕は今回の件を矢本さんにも相談した。矢本さんは、そんな悲劇が起こりうるだろうかと首を捻りつつ、関係者たちの情報を元に行動を予測してくれた。

束田崇が出所して襲いに来ると葛見佳人に話せば、黙っていろと命じても、彼は理奈に打ち明けるだろう。

理奈が櫻田麻衣子に話す可能性は低いと、矢本さんは読んだ。

仮に櫻田麻衣子がただの心が弱った女性であるなら、理奈は心配させまいとして束田崇のことを黙っているだろう。そして僕たちに見張られても、おとなしくしているはずだ。

あるいは櫻田麻衣子が理奈に本当の父親の件を話していなかったとしたら、理奈は束田崇に復讐心を抱き、自分から殺害を企てるかもしれない。

その場合でも、理奈と葛見佳人は安全だ。東田崇はいないのだから。

だがもし、木下巡査の想像が当たっているとしたら。

理奈は焦って行動に出る。

東田崇の死を知らない理奈は、自分が東田崇に殺されてしまったら、母親の願いが叶わなくなる可能性を考えるはずだから。

逆に言えば、僕たちが見張る中で理奈が何もしなかったら、木下巡査の想像は取り越し苦労で終わるのだ。

「木下さん、君の思考が保存されて本当に良かったよ。その勘の鋭さは貴重だ。もういっそ、すべての警官の思考パターンを保存すればいいのにね」

明るく言った琴平さんに、木下巡査は慌てるように頭を振った。

「やめてください。わたしは東田崇を止められなかったんです。そのあとのことだって、いちど大きな失敗をしているからこそ、悪い想像ばかりが膨らんだような気がします」

「でも結果として、その想像は当たった。木下さん、私にはまだわからないことがあるんだ。理奈さんが今まで待った理由は何だろう？　母親の願いを叶えてやりたいだけなら、例えば適当な相手を自分の好きな男の子だと言って刺せば良かったじゃないか」

「ひとつには、年齢じゃないでしょうか。櫻田麻衣子と東田崇の兄が付き合い始めたのは高校生の頃ですから。それから……」

続きを聞きたくて耳をそばだてたとき、廊下の奥から人影が近づいてきた。

人工知能たちが会話を止める。

現れたのは捜査一課の同僚の男だった。引き締まった彼の表情を見た途端、僕の胸に冷たい予感が広がった。

「相良さん」身構えた僕に、同僚の男は静かに呼びかけた。

「すみません、木下さん。少し失礼します」

眼鏡を外す寸前、琴平さんがこちらを見た。

琴平さんの瞳は深く沈んでいた。

アウトロ　佳人

僕が恋人に襲われた話は母を動揺させたが、怪我がなかったことや、相良たちが説明した『学校の成績のことで悩んで、発作的に』という説明を、しぶしぶ呑み込んだようだ。

もちろんＡＩの刑事のことや理奈の母親の悲劇は俺しか知らない。誠実に秘密を守ってくれた相良には感謝している。

だが、それにしてもわからない。

なぜ理奈が俺を刺そうとした？

麻衣子さんが手を下さなかったのは、なぜだ？

俺が選ばれた理由は？

考えながらベッドの中で何度も寝返りを打った。眠りは一向に訪れない。言いようのない感情に、涙が溢れてきて止まらず、何度も拭うので目元がひりひりした。

スマホが音を立てたのはそんな時だった。

手に取ると、画面の時計は深夜二時を表示していた。電話番号は非通知。いつもなら無視するが、ひそかな予感を覚えてロックを解除した。

「はい」

「葛見佳人さんですか」

「……木下さん？」

「はい、わたしです。こんな時間にごめんなさい。ただどうしても、話しておきたいことがあって」

俺は毛布を被り、耳にスマホを押し当てた。

「理奈さんのことです。恐らくあなたは、理奈さんの行動が理解できなくて苦しんでいらっしゃる。そうじゃありませんか」

「……そうです。もちろん……」

「そのことをお話しするためにお電話をしました。理奈さんが母親の願いを叶えようとしたのは、彼女にとってその生き方だけが、お母さんに認められる術だったからではないでしょうか。そして麻衣子さんがあなたに何もしなかったのは、理奈さんが自ら行動することを、麻衣子さんが予想していたからではないかと思うのです」

俺はベッドの上に身を起こした。

「どういうことですか」

「幼い頃から母親に、おまえは私の愛する人を殺した男の子供なのよと言われて育てば何が起こるか。自分の出生の理由が、いつか不幸を味わうためだと聞かされた子供の心がどうなってしまうか。とても嫌な言い方をしますが、理奈さんは麻衣子さんの理想の殺人者に仕上がった、麻衣子さんの操り人形のようなものだったのではないでしょうか」

——あたしはママの人形なの。

理奈の声が生々しく蘇り、俺は目を見開いた。涙が蒸発するように止まる。

「理奈が俺を殺せば、麻衣子さんが理奈の恋人を殺すよりも……ひどい」

「殺人犯の子供が殺人犯になる。ええ。ひどいことです」

「そんな。じゃあなんで今まで待ったんだ？　理奈が母親の望み通りにするつもりなら、俺じゃなくても良かったじゃないか」

「あなたじゃなきゃ、駄目だったんだと思います」

人工知能は沈黙し、やがて続けた。

「理奈さんが叶えようとした母親の願いは、自分と同じ目に遭わせること。愛する相手でなければ意味がありません」

意味を悟った途端、喉から嗚咽が漏れ、ふたたび涙が零れた。涙はさっきよりも熱かった。

「ごめんなさい、もう切らないと」

「なんで」

「話せる時間はあまり長くないんです。葛見さん、どうかあなたは、自分の心を疑わないでください。心のままに動かなかったことで、わたしは死後も続く後悔を抱えてしまいました――」

通話が切れたスマホを、俺は手の中で見つめた。

時計の秒針が動く音だけが深夜の部屋に響いている。

俺は目を瞑った。涙はまだ流れて来る。両手で拭いながら考えた。

どうしたら理奈とふたたび会えるんだろう。理奈も麻衣子さんも治療には長くかかると聞いている。くじけそうになるかもしれない。それでも、俺は理奈に会いたい。

俺は生きているのだ。

死者が、それを教えてくれた。

Ver. 5.0　相良迅

真新しい劇場には木の匂いが漂っていた。

二千人収容の大劇場と千人規模の中ホール、地下には座席の配置を自由に変えられる小劇場を備えた複合芸術施設。他にもギャラリーやレストラン、図書館も併設されていて、意匠を凝らした装飾が施されている。その反面、おまえもこの空間に似合う振舞いをしろよと脅されているようでもある。

巨大な扉をくぐった俺は、磨き上げられた階段を降りて地下の小劇場へ向かった。階段の幅は広く、照明は温かな色を放つ。それがまた、俺には威圧感として感じられる。

階段の先には広々とした空間があった。右側にはホテルのフロントのようなクローク、左側には木製の扉。その奥は劇場ロビーで、すでに開場しており、客たちのざわめきが波音のように溢れている。扉の両脇に紺色の制服姿の男女が立っているが、その屹立した様子は番兵のようだ。

舌打ちを堪えつつ、俺は上着を脱いでクロークへ向かって歩いた。

カウンターのうしろに控えていた若い男が、愛想笑いを貼り付けて進み出る。

「お預かりいたします」

俺は男の顔を観察した。わざと、不躾なほどに見つめてやる。

男は不審を抱いたかもしれないが、貼り付けた笑顔は揺らがなかった。

「お召し物、一点でよろしいですか」

俺は噴き出した。

男の警戒を含んだ瞳が、灰色のカラーコンタクトレンズを入れた俺の目を見つめた。

「お客様、何か？」

練習した声音を作り上げて、俺は言った。

「ずいぶん気取ってんじゃん、大橋（おおはし）」

男の顔から表情が抜け落ちた。

何か言いたげに唇を震わせたが、すぐに自分の胸元に手を遣り、名札に触れた。

「ええ、大橋です」ぎこちなかったが、大橋の顔に笑顔が戻った。「開演時間が迫っておりますので、お急ぎください」

上着と引き換えに番号札を渡される。「9」と数字が打たれた丸いプラスチックの札を受け取って、俺は大橋の目をまっすぐに見た。

「おまえ、そういう気取った感じ似合うよな。だから女もほいほいついてきた」

大橋の顔が青ざめた。

「俺のこと忘れた？　鮫島（さめじま）だよ。鮫島雄大（ゆうた）」

大橋の目が、ふたたび俺の顔を探る。遠い記憶にある顔と比べているのがわかり、俺の背中が緊張した。

俺は髪を掻き上げた。露わになった額(ひたい)の痣(あざ)に、大橋の視線が集中する。

「鮫島……?」冷え切った声音だった。「本当に……?」

俺は手を下ろし、用意しておいた台詞を口にした。

「あの時、火事が起きたのは不幸な事故だったよな。もう八年も前になるか」

吐き気を覚えたのか、大橋は口元に拳をあてがった。

青ざめた顔を眺めて、俺は続ける。

「こんなところで働いてるなんてご立派だな。もう昔のことは忘れたのか。でもなあ、俺はそうはいかない。このあと久しぶりに飲もう。シフト上がるのは二十一時だっけ」

「時間まで……なんで」

「それくらい調べてある」

大橋の顔は完全に凍り付いた。

これでもう、こいつは俺に逆らえない。

俺はプラスチックの札を握ると、元来た階段を上って行った。開演時間間際だというのに、クロークに上着だけ預けてロビーに入らない客のことを、スタッフたちは不審に思っただろうか。

一階エントランスに戻った俺は正面玄関ではなく、壮麗な階段が続くプロムナードを通った。その途中、踊り場にある三人掛けのベンチの端に、眼鏡を掛けた若い男が座っていた。男の手にはベンチ脇のラックから抜いたらしいチラシが握られているが、目はチラシの文字を追ってはいない。

人一人分の距離を置いて、俺はそいつの隣に腰をおろした。

「……行ってきた」

「お疲れ様」言うなりこちらを一瞥して、眼鏡の男——相良迅は噴き出した。「君、琴平さんと重なっちゃってる」

意味を悟った俺は横のベンチに移動した。

重なっちゃってる、か。

こいつに付き合うようになって二か月が過ぎたが、刑事の幽霊と行動する現実にはなかなかついていけない。

意味もなく体をはたいて、俺は相良の隣を見た。

きれいに磨かれた木製の板の上には、相良一人しかいない——ように見える。けれど実際は、いや、『実際』とは言えないのか。相良が掛けている眼鏡、通称〝籠(ケージ)〟に映る世界には、もう一人いる。

琴平隆一。往年の敏腕刑事だ。今は全盛期に取り出された思考パターンだけが存在し、人工知能化されて相良と行動を共にしている。

幽霊の警察官。そうとしか言えないものが、確かに動き出しているのだ。

「オペラって観たことある？　これ面白いんだって」相良は俺にチラシを向けた。『アイーダ』？　知らん。「琴平さんは若い頃に観たらしい。エジプトが舞台なんだって」

「へえ」

吐き捨てるように言うと、相良がこちらに顔を向けた。

「意外だな。君はいいおうちの生まれなんだから、芸術的な素養もあるかと思った」

投げかけられた皮肉を俺は無視した。

相良がじっと俺を窺う。

沈黙を守った俺に、相良は子供を見る母親のように微笑んだ。よくできました、と褒めるようなその顔。これはこれで腹が立つ。

相良は隣のラックにチラシを戻し、背筋を正して脚を組んだ。

「それで、及川君。相手はどんな感じだった？」

本当の名前を呼ばれた俺は、さっきの大橋の様子を思い出した。

「怯えてた」

「どんなふうに？」

「過去から追いかけてきた亡霊に捕まった。そんな顔してた」

相良は深く頷いた。

「それなら、君を鮫島だと信じたんだね。良かった」

俺は額の痣に手をやった。特殊メイクで作った、即席の痣だ。

＊

相良に鮫島雄大の写真を見せられたのは三日前のことだ。

「この人物のふりをして、ある男に会いに行って欲しい」

俺と鮫島の面差しが似ているかというと、そうでもなかった。写真の鮫島は十代の後半から二十代の半ばまでならいくつにでも見える。無造作に伸ばした長い金髪と、カラーコンタクトで光る目。頰は痩け、口元はきつく結ばれていた。鼻筋だけは俺とおなじくすっきりと高いが、そこ以外は全然似ていない。

「整形でもしろっていうのか？」

からかうと、相良は真剣に続けた。

「鮫島雄大の身長は一八〇センチ、君と一センチしか違わない。しかもこの写真は八年も前、彼が二十歳のときだ。この通り髪で顔を隠していたから、簡単なメイクと発声の練習で誤魔化せる。そのうえ鮫島の額には、前髪を上げれば見える位置に大きな痣があった。これを利用しよう。年齢も、今の君よりは年上だけど、まあなんとかなる」

「声は？」

「八年前、鮫島はドラッグと一緒に大麻も吸引してた。大麻をやると喉を傷める。今はもうやめたことにして、少し低めに話せば大丈夫」

「……なんのために？」

相良は爽やかに笑った。

「無事に相手を騙せたら教えてあげる」

そして今日、額に痣のメイクを施し、鮫島が入れていたのと同じ色のカラーコンタクトを装着。相良が用意した台詞を覚えて、大橋と接触した。

今でこそこんな場所で行儀よく働いている大橋は、八年前までいわゆる半グレというやつで、仲間と一緒に悪事を働いていた――らしい。暴行、ドラッグ、恐喝。俺にはああいう連中の未来がわかる。粋がって暴れて、騒いで迷惑を掛けて、より大きな力を持つ者に排除されて終わる。くだらないバカどもだ。

俺が演じた鮫島と大橋の関係は、いわばチームのリーダーとゲストだったようだ。大橋は有名企業に勤める父と専業主婦の母のあいだに生まれ、兄と妹がいる。中学までは優秀だったけれど、高校進学と同時に成績が落ち始めて浪人。鮫島と出会ったのはそんな頃だ。

鮫島のほうは、高校を中退後の経歴ははっきりしていない。アルバイトを転々としており、手下のような仲間はいたが、そのメンバーの入れ替わりは激しかった。住所は蒲田にある実家のままだが、ほとんど帰っていなかったようだ。その実家も、母親と祖母との三人暮らしで、父親は不明であるという。

大橋にとって鮫島は、それまで知らなかった世界を見せてくれる相手。おとなしげな見た目を持つ大橋は、鮫島にとってクスリを売るにも女を引っかけるのにも重宝する新参者。二人は楽しい時間を共有したらしい。だが派手な夢もやがては醒めて、鮫島が薬物事案で逮捕されたのをきっかけに大橋は更生し、翌年には大学に合格している。

俺が聞かされた情報はここまでだ。

「君の経歴はどちらかというと大橋に近い。鮫島を演じられるか、実を言うと不安だったよ」

朗らかな声で言う相良を俺は睨んだ。

一緒にするな、と言いたかった。

こいつが調べた通り、俺の家族はこの国の政治に携わっている。だが長男ではなく、子供の頃から勉強が苦手で学校でも問題を起こし続けた俺は、なんとか入った大学を退学後、家族に縁を切られた。

その後の暮らしも、以前と変わりない。女を引っかけ、たまたま目が合った相手を気に入らないからという理由で殴ることもある。捕まっても、縁を切られたはずの家族のコネで表沙汰にならずにきた。俺だってクズだ。

でも俺は一度も、誰かとつるんで悪事を行ったことなどない。群れるのは弱さの証明だからだ。

俺は手の中でクロークの札をいじった。

「それで、次は何するんだ？」

もし大橋が、俺を鮫島と見破ったら、この仕事は仕切り直し。

大橋は騙せたのだから、いよいよ仕事の本題に入れるというわけだ。

「このあと飲みに行く約束もしたね？　そこで彼に、今から言う場所に行こうと提案してほしい」

相良は言葉を区切るように、千葉の地名を言った。

俺はスマホの地図で場所を確認する。海沿いの広い土地に、目立つ表示が出ていた。

「……墓地？」

「青季(あおき)霊園。そこにあるこの人のお墓に誘導するんだ」

相良は腕を伸ばして、自分のスマホ画面を俺に見せた。

俺はあやうく声を上げそうになった。

そこには、真っ黒に焼けた室内が映っていた。壁も床も煤けて、鎮火していても炎と煙の恐ろしさが伝わってくる。

「なんだよ？」

「ある女性が、ここで亡くなった」

俺は頭の中で、さっき言わされた台詞を思い返した。

「火事がどうのって、あれと関係があるのか」

相良は腕を戻し、スマホの画面を自分の腿の上に伏せた。

「女性の名前は、ムラタナナコ。村落の村に田んぼの田、菜の花の菜をふたつに子供の子」

俺は自分のスマホを取り出し、村田菜々子について検索した。

それらしい記事は出て来ない。同姓同名のフェイスブックはあるが、昨日の日付でスイーツの話題を投稿しているので別人だろう。

「彼女の死については大きく報道されていない。鮫島たちにドラッグ入りの酒を飲まされ酩酊(めいてい)状態で強姦され、置き去りにされた雑居ビルが火事になった。被害者が発見されたのは四階の空きフロア、火元は三階の飲食店。病院に運ばれたあとに亡くなった。死因は一酸化炭素中毒だった」

俺は相良から「大橋に言うように」と指示されて口にした台詞を反芻(はんすう)した。

「……不運な火事っていうのは、これのことか」

「薬物所持で鮫島が逮捕されたあと、余罪としてこの事件が出た。村田菜々子の体からは三人の男の体液が検出されていた。そのうち一人が鮫島だとわかり、警察は村田菜々子が火災で死んだ当日の、現場付近の防犯カメラを再度確認した。そこから大橋と、当時鮫島とつるんでいて、村田菜々子の事件以前に逮捕歴があってＤＮＡが採取されていた男、シミズアキナリを事情聴取した」

「その男は？」

「このあいだ、車の事故で死んだ」

相良がスマホに手を掛けようとしたので、おれは止めた。

「写真は見なくていいけど、名前だけは憶えておいたほうがいい」と静かに言った。

シミズ、アキナリ。

俺は頭に刻み込んだ。

「こいつはチンピラのままだった。刑務所を出たり入ったりで、事故に遭ったときは社会復帰してたけど、無職で住所も不定だったよ」

特に驚きはない。世の中には光の中で暮らしていけない者もいる。

「話を村田菜々子の事件に戻すね。鮫島は、あくまでも村田菜々子は自分で酒とクスリを飲んだと言い張った。行為後に男たちは立ち去り、火事はそのあとに起きてる。皮肉なことに防犯カメラの映像の記録時間がそれを証明した。大橋とシミズアキナリも任意の事情聴取と薬物検査は受けたが、二人とも薬物は検出されなかった」

「……二人とも？」

「クスリが抜けてしまった時期だったんだろうな。鮫島は大橋とシミズアキナリの名前を吐かなかったから、防犯カメラの映像を追いかけているあいだに時間が経ってしまったんだ。クスリに関しては、鮫島が持っているものを分けてもらって嗜んでいたとしたら、その鮫島が捕まったと聞いて捨てたんだろう」残念そうに溜息をついて、相良は続けた。「村田菜々子の件についても、合意の上での性行為だったと主張した。事が終わったあと、村田菜々子が『まだここにいる』と言ったから、男たちは帰ったと」

「あんた、その話信じてる?」

「火災が不運な事故であるところだけは」

そうだろう。だが、証明できない以上はどうしようもないのだ。

俺は大橋のことを考えた。

もともとの育ちがいいお坊ちゃんには、警察の事情聴取と薬物検査はこたえたはずだ。その後は真面目になるのもわかる。

「鮫島は、大橋とシミズを庇った?」

「薬物について、二人が関わっていたとは言わなかった。ああいう輩の中には、仲間を売らない者も多い」

「今、鮫島はどこに?」

「わからない。一時期、薬物の更生施設に入っていたんだけど、そこを出てからは行方不明だ」

「話が見えないな。この女の墓に行ってどうするんだ」

「大橋に謝らせて欲しい。お墓の前で頭を下げさせて、ごめんなさいと言わせる。それが今回、君に頼みたい仕事だよ」

俺は拍子抜けして、しばし黙った。

「なんでそんなことをさせる？」

相良の目が一瞬、彼の斜め前を見た。

「事件に関わっていた者が一人死んで、永遠に謝罪できなくなった。まだ生きている者には、反省の機会を与えたい」

俺も相良が見ている場所を見た。磨かれた床があるだけに見える。

「……その事件を担当したのって、もしかして琴平？」

「君が考えることじゃない」脅すような低い声音だった。「それから、琴平さんを呼び捨てにするな」

「でもさ、なんで」

「この仕事で最後にしていいよ」

言われたことを理解するまでに、しばし時間がかかった。

「……これが終わったら、俺は自由になるってこと？」

「うん」

それはもちろん、願ってもないが。

「どうして。急に」

「君の家族について、やっぱり上から言われてね。だからこれで最後でいい」

「俺はもう、家族とは縁が切れてるのに」

「それでも、駄目なんだって」

相良は立ち上がった。彼の口調はさらりとしすぎて、真意は掴めない。

「だから最後に、君と似た境遇にいる男を反省させる仕事をお願いしたい。やってくれるね」

「……わかった」

相良の顔に安堵が広がった。それから彼は、頭の中の文字を読むように、今後の段取りを説明した。

*

大橋との話は面白いくらい簡単に済んだ。俺は終演時間にクロークへ降り、上着を受け取ったが、応対したのは大橋ではないスタッフだった。その後は寒さに耐えながら劇場裏の従業員通用口で大橋を待つ。大橋は逃げることなく時間通りに現れた。張りつめた顔をしている。

きっとこいつは俺が現れたあと、いろいろと想像を巡らせたのだろう。これからどんな脅迫をされ、何を要求されるのか。身内に不幸が降りかからないようにするには、どう行動をすべきか。

こいつが極端な行動に走らない保証はない。

俺は大橋の手元を注視していた。

「どこで話す？」

近くまで来ても、大橋は俺に刃物を向けることはなかった。

俺はどこか適当な店はあるか尋ねた。大橋は「それなら」と言い、駅地下のビルに入り、会社帰りのサラリーマンでにぎわう居酒屋ののれんをくぐった。

「俺、子供ができたんだ。だから昔のことにきちんとけじめをつけたい。おまえと一緒に、村田菜々子の墓前に行って、謝って、新しい生活を始めたいんだ。墓の場所は調べてある」

「シミズは？」

「死んでた。交通事故だったらしい」

大橋は大袈裟な溜息をつくと、ビールを呷った。

「……一緒に謝りに行ったら、もう二度と来ないか」

「ああ、絶対に。俺だってもう昔のことは忘れたいんだ」

大橋は窺うように俺を見た。

「変わったな。あの頃のあんたは、傍若無人な王様みたいだったのに」

「変わったよ。クスリも悪さも、全部忘れた」

空になった大橋のグラスに、ビンからビールを注いでやる。大橋は信じられないものを見るように俺の仕草を眺め、それから焦るように言った。

「わかった。いつにする」

「次の月曜、仕事は休みだよな？ 待ち合わせしよう。時間は――」

俺は相良から与えられた台詞をそのまま大橋に伝えた。


電話で相良への報告を済ませ、シャワーを浴びた俺は、ベッドに転がって天井を眺めていた。

間接照明に照らされた天井は、曇りの日の夕暮れのようにかすんでいる。都心にある2LDKのマンションは案外静かだ。時折、車が走り抜ける音がベランダのはるか下から聞こえて来る。

この部屋は俺が買ったものではない。

俺が家族から勘当されるとき、店と一緒に祖父が買い与えてくれたものだ。手切れ金といえばそうなのだろうが、ここに住む権利を得るための金額は、庶民が一生働いて手に入れられるか否かという数字だろう。おれはその桁数に、結局何をしても自分は安全な生活を続けられるのだという安心感を抱いた。

その後の自堕落な暮らしも、俺にとっては自分の立ち位置を確かめるための行為だ。店の売り上げ？　このご時世、若者がファッションにかけられる金なんてたかが知れている。雇った店長たちに店の運営を任せていて、そいつらだって頑張ってはいるが、赤字の補塡は家を出る時に持たされた預金口座から出ている。

そんなことまで相良が知っているのかはわからない。

だが、奴が俺にこんな仕事をさせようと考えた理由は想像できた。教育のつもりなのだろう、要するに。俺に心を入れ替えさせて、これからは真っ当な生き方をしろと。

喉が震え、乾いた笑いが漏れた。

おめでたいことだ。警察官というのは皆そんな連中なのだろうか。人間の心の底は等しく善であるとでも？　馬鹿馬鹿しい。そして、痛々しい。

もう寝てしまおうと寝返りを打ったとき、枕元のスマホが音を立てた。手に取ると、公衆電話からの着信である。

警戒しながらしばらく待つと、電話は鳴りやんだ。

俺はスマホを充電器に戻した。直後、ふたたび呼出音が響いた。画面には公衆電話の表示——今度は怒りに任せて通話ボタンを押した。

「誰だ？」

「私だよ、及川君」

乱暴に応答した直後、耳に流れ込んできた男の声が俺の怒りに水を掛けた。

首筋が総毛だった。深くほろ苦い声音を何度も聞いたわけではない。だがこの声は、その持ち主の背景と相まって、いちど聞いたら脳にこびりつく。

「琴平……」

相手はくぐもった笑い声を立てた。

「せめて『さん』は付けて欲しいね。仮にも年上なんだから」

「あんた、こんなこともできるのか。公衆電話だろ？　それとも相良に掛けさせてる？」

「回線を利用しているだけだ。迅君はそばにいない」

にわかに緊張し、俺は息を詰めた。

「夜も遅いから手短に済まそう。君にお願いがあって電話をしたんだ」

「あんたが俺に……？」

「そう。迅君には内密の話だ」

「ちょっと待て」

人工知能は勝手に話し始めた。

「村田菜々子の墓参りは次の月曜日だったね。青季霊園の出入り口は坂道になっている」

地図アプリを開こうとした俺は、電話中なのでできないことに気づく。

「覚えるんだ。何かに書く必要はない。帰りに坂道を降りる時、右側を見なさい。そうすると住宅地の中に白い外壁の家が見える。目立つからすぐにわかる」

「白い家？」

「壁も屋根も白い。一階部分は昔店舗だったから、その名残もあるだろう。当日、家には人がいる。その家を大橋と尋ねて、村田菜々子の墓参りに来たことを告げて欲しい」

嫌な予感がする。

「その家にいるのは、誰なんだ」

「村田菜々子の遺族だよ」

あっさりと返された答えに、俺は片手で顔を覆った。

「ちょっと待ってくれ……。さすがにキツい」

「そうだろうね。しかし、ぜひやって欲しい」

「だけど」

「今日、迅君の様子は少しおかしかったろう？」

瞬きをした一瞬の暗闇に、相良の横顔が見えた。

「……そうだった、かな？」

「あれは本当に言いたいことを隠していたからだ。その家というのは、村田菜々子が家族と住んでいた家でね。今はもう空き家なんだが、遺族が月に一度だけ風を入れに来る。事件の真相を知り、関わった者が反省していると知れば、村田菜々子さんのご遺族の心も少しは晴れるだろうと」

なるほど。事件に関わった男が一人死んで、遺族が謝罪を受ける機会がなくなった。もう一人は行方知れず。だから残っている大橋に頭を下げさせようとしているのか。

俺はベッドに仰向けに倒れこんだ。スプリングが上げた悲鳴は琴平にも聞こえたはずだが、肉体がない刑事は容赦なく続けた。

「謝罪というのは治療だ。遺された人間の悲しみをほんの少しでも和らげて、未来に進んでもらう。反省しているなら、まずは自分ではなく己が傷つけた人間の心を思うべきだ。……もしもし及川君？　聞いてるかい？」

「……聞いてるよ」

「私も、迅君もそう思っている。でもあの子は君にそこまで要求できなかった。君たちが墓参りをすれば、墓前に花や線香を供えるだろう。村田菜々子さんの遺族は、家の掃除をしたあと墓前に手を合わせに行く。君に、大橋と午前中に待ち合わせて出かけるようにと迅君が言ったのは、君たちの弔いの痕跡を村田菜々子の遺族に見せるためだ。その程度のことでも、しないよりはいいから。何より、自分の罪から目を逸らして生きてきた大橋に反省の機会を与えることができる。あの子はやさしすぎるんだよ」

最後の呟きはほとんど独り言のようだった。

俺はふと、最初に出会った晩の相良を思い出した。

「あんたって……」

「私？」

「――いや、いいや。でもさっきの話だと、俺たちが危なくないか。相手は遺族なんだろう？　いきなり犯人が現れたら、何するかわからないんじゃないか？」

「暴力を振るわれそうになったら君が大橋を守ればいい。そのくらいはしなさい」

琴平の声には決して逆らわせないと決めている響きがあった。それでも、俺は食い下がった。

「俺に何かあったら、責任を取るのは相良だろ。いいのかよ、あんた。それで」

琴平は沈黙した。

耳を澄ましても吐息すら聞こえない静けさ。完璧すぎて気持ちが悪かった。

俺は言ってやった。

「あんたもしかして、相良のこと刑事に向いてないとでも思ってるんじゃないの？　だから不祥事を起こさせて、どっか安全な部署に引っ込ませようとか」

人工知能は突然、声を荒らげた。

「言う通りにしていればいいんだ。おまえみたいな小悪党は」

強烈な一撃に、俺は思わず口を閉じた。

まるでこちらの様子が見えているかのように、琴平は穏やかな話し方に戻って続けた。

「白い家だ。必ず行って、謝りなさい。私から電話があったことは決して迅君に言うんじゃない。いいね」

通話は一方的に切れた。

＊

月曜日の早朝、痣のメイクを施し、カラーコンタクトを入れた俺の前に、大橋は約束通り現れた。

待ち合わせ場所は事件現場となった雑居ビルの跡地だった。ビル自体はすでにないが、跡地には新しい建物ができている。俺が手配したレンタカーに乗るとき、六階建ての真新しいシルエットを見上げた大橋は泣きそうな顔になった。

「なんでこんなところで落ち合うんだ」

俺に文句を言われてもどうしようもない。待ち合わせの場所を指定したのは相良なのだ。俺は悪役らしい台詞を吐くことにした。

「わかりやすくていいだろう」

車を走らせ、いちどだけ高速道路のパーキングエリアで休憩を取った。線香は出がけに手に入れて来たので切り花を買い、ホットドッグを腹に入れたが、大橋は温かい缶コーヒーを啜っただけだった。

そんな様子を観察しながら、俺は徐々に心配になってきた。物言わぬ墓石に手を合わせるだけだと思っていてこの有様なら、村田菜々子の遺族に会うと言えばどうなるだろう。逃げるようなら取り押さえなければならないが、無理やり引っ張っていくのは大変そうだ。

二時間ほどで目的の墓地に着いた。

駐車場は広いが、平日の昼間であるせいか、車はほとんど停まっていない。俺たちは無言のまま降りた。

花と線香を入れた袋は俺が持った。大橋のほうは何の準備もしてこなかったようだ。反省の気持ちはあるのだろうか。相良がどう考えているか知らないが、鮫島に脅されたから仕方なくついてきているだけで、村田菜々子への謝罪など見せかけだけかもしれない。

「……何を考えてる？」

『青季霊園』の立て看板を通り過ぎ、坂道にさしかかったところで大橋に問われた。

大橋は鼻の下にうっすらと汗をかいている。気温は決して高くない。生理的な汗ではないのだろう。

「墓はこっちだったかな、と思って」

俺が答えると、大橋は大袈裟な溜息をついた。

「よく落ち着いていられるな」

「べつに落ち着いてるわけじゃない」

「火事が起こるなんて思わなかった」大橋は自分の足元へ言葉を放り投げるように吐き捨てた。「そうだろ、あんただって。いつもしてきたことじゃないか……放っておけば女は動けるようになって、自分で帰った……。あれは事故だろ？」

俺は黙っていたが、大橋は続けた。

「ただの不運なんだ……俺もあんたも、殺そうとしたんじゃない」

繰り返される自己弁護を聞きながら、俺は相良の思惑が見えてきた。

自分の黒い部分を見ようとしない大橋の姿は、控えめに言って醜い。声を聞くだけで、歪んだ横顔を見ただけで、心に泥を塗られている気分になる。

俺と大橋は似ている。相良がさりげなく言った言葉が、今になって突き刺さってきた。俺をこういう気持ちにさせるのが相良の目的だと、わかってはいても気分が悪い。

俺は少し足を早めた。坂道の中腹に来たところで左側を見る。下るときに右なら、登っている今は逆側を見れば、あるはずだ。

白い壁の家。

一望しただけで、それは目に留まった。

広い庭を有しているのか、海沿いの住宅街の端に濃い緑に囲まれて建っている。背後は崖になっていて、そのうしろは海だ。くすんだ色の海面が、建物の白さを際立たせていた。

二階の窓を覆う雨戸が不規則に揺れた。どきりとしながら眺めていると、雨戸が戸袋に引っ込み、青いシャツを着た人間の姿が現れた。遠目なので、男であることしかわからない。もう一枚の雨戸をガタつかせながら戸袋へと押し込んでいる。

俺は目を背け、足を速めた。

「……どっちに行けば？」

坂を登り切ったところで、大橋が俺に尋ねてきた。

整然と並ぶ墓石は迷路のような小道を形作っている。入り口の脇には水道が引かれ、手桶と柄杓（ひしゃく）がつつましやかに置かれていた。

俺はあらかじめ相良から送られてきた地図を脳内に展開し、黙って歩き出した。

十月の風が容赦なく吹き付けて来る。

正面に海が見えた。

潮の匂いに向かって歩き、目標地点にたどり着いた。

まっすぐ前に向けていた爪先を傾けて、並んでいる墓石のひとつと向かい合う。灰色の御影石(みかげいし)に、『村田家』と刻まれていた。

大橋が深い溜息をつき、顔を撫でた。

「……ここか」

「ここだよ」

俺は墓の両側にある真鍮(しんちゅう)製の花筒に触れた。

「水を持って来い」

「そんなことまでしなくても。花だけ置いて帰ればいいじゃないか」

「駄目だ。ちゃんと謝るんだろう。入り口の水道で水を汲んでこい」

文句を言いながら、大橋は来た道を戻って行った。一瞬、彼が逃げるのではないかと不安になりはしたが、ここは駅から遠く、車のキーは俺が持っている。何より俺が職場を知っているのだから、逃げたところで無駄だと考えるだろう。

花筒は底がネジになっていて、回すとキイキイ鳴りながら外れた。中に溜まった水を地面に捨て、墓石の台座にそっと寝かせる。

大橋がまだ戻ってこないので、墓に積もった落ち葉を手で払った。

墓石は真新しいものではない。

村田菜々子が死ぬ前からここにあり、寿命を終えた彼女の家族が葬られてきたのだろう。

村田菜々子本人もここで手を合わせたことがあるのかもしれない。両親のあいだにちょこんと座り、両手を合わせる女の子の姿を想像して、俺はそっと拳を握った。

戻ってきた大橋と一緒に、墓参りに来た人間らしい作業を行った。言葉を交わすことなく、花を挿し、線香に火を点ける。風のせいで何度か着火に失敗し、やっと匂う煙を立てると、線香の束の半分を大橋に差し出した。

大橋は、墓石の裏面を覗き込んでいた。

そこには、村田家の死者の名前が彫られているのだろう。さっきまで自分たちのせいで死んだ女の墓なんてとほざいていたくせに、ここへきて吹っ切れたのだろうか。

「ほら」

「あ、ありがとう……」ぼんやりと礼を言って、大橋は線香を受け取った。「……長生きしてない家系なんだな。村田菜々子の家は……」

今度は運命論でも持ち出すつもりか。俺は喉までこみあげてきた罵声を呑み込み、代わりに立ったまま合掌しようとする大橋の脛を蹴った。

大橋はぎょっとしたが、文句を言うことなく屈み、手を合わせた。おなじようにしながら俺は、最後に墓参りをしたのがいつだったか思い出そうとしていた。

「これで終わりなんだよな？」

柄杓と手桶を元あった場所に戻していると、大橋に念を押された。

俺は答えに迷った。

昨夜の琴平の言葉を思い出していたからだ。

あいつは、相良をわざと失敗させようとしている——たぶん。

今ここで村田菜々子の遺族に会わずに戻れば、もしかしたら相良の経歴には何の傷もつかないかもしれない。

だが俺にとってはどうだろう。

琴平がどの程度自由なのかはわからない。しかし、相良に内緒で電話を掛けられるくらいだ。もし俺が命令に背いたら、そのあとは？

考えあぐねているうちに、足元の感触が変わった。墓地の乾いた土が終わり、坂道を覆うアスファルトを踏んでいたのだ。

「鮫島？」

俺が黙っているので恐ろしくなったらしい。

大橋が窺うように尋ねてきた。

俺は黙ったまま坂を下った。

「これ、昔聞いた話なんだけど」大橋は少し早口になった。「ある殺人者がいて、そいつは捕まらなかったんだけど、毎晩夢枕に殺した相手が立つようになって、耐え切れず自首した事件があったんだ。そいつのところに死人が現れるようになったのは、そいつに……子供ができてからなんだって」

俺は瞑目した。雑談に見せかけて遠回しな質問をするなんて、あさましい男だ。

「おまえは、そうじゃないよな？　自首なんて、考えてないよな？」

大橋の声を無視して足を速め、右側へ顔を向けた。

白い壁の家は雨戸が取り払われ、日差しの中に佇んでいた。その姿は不思議と墓石に似ていた。

俺の肩に大橋がぶつかってきた。

眉を寄せて顔を向けると、大橋は坂道の正面を見ていた。視線の先には、登って来る年配の男の姿がある。坂道の真ん中を進んでくるので、大橋は端に避けようと呼びかけているらしい。

俺は動かなかった。

男が着ている、鮮やかな青いシャツに目が釘付けになっていた。

俯いているので、顔は見えない。白髪（しらが）交じりの薄くなった頭頂部からして、歳は七十前後くらいか。村田菜々子は親が年老いてからの子供だったか、相良に訊いておけば良かったと思った。

男が近づいてきて、大橋がさらに俺を強く押した。俺が動かないのを悟ると、自分が俺の背後へ回り、やってきた年配の男を避けた。男は擦れ違うときもこちらを見なかったが、俺がそっと見遣った横顔は、深い疲労にやつれていた。

その影を見たとき、俺は思わず呼びかけていた。

「村田さんですか?」

喉を鳴らした大橋の脇腹を肘で押し、俺は振り返った。

青いシャツの男は坂道を数歩進んだところで立ち止まり、すっと背筋を正した。

「……はい?」

俺はいくらか声を大きくして、言った。

「村田菜々子さんの、ご遺族の方ですか」

「おい、やめろ」叫ぶ勇気がない大橋は掠れた声を上げた。

男はゆっくりと振り返った。面立ちよりも、全身を覆う深い影のような迫力に圧倒された。

男は目を細めた。

「どなたです?」しわがれた声だった。

俺はゆっくりと体全体で振り向いた。

男は数歩、こちらに近づいて来る。大橋が地面を踏み、後ずさる足音が聞こえた。

俺は大橋の手首を捕まえた。

「菜々子さんに何があったのか、お話しさせてください」

＊

男は俺たちを白い壁の家の敷地に招き入れた。

たどり着くまでの道中、男は何も喋らなかった。大橋が何度も俺の袖を引き、呼び掛けようとしたが、俺は視線で黙らせた。

坂道を下り、複雑に折れ曲がった住宅街の路地を進む。建ち並ぶ家屋はどれもしんと静まり、人影はない。

白い壁の家は、近くで見ると金属の柵に囲まれていた。その内側は伸び放題の庭木と雑草が密生している。正面の門から奥の玄関まで続く石畳だけは、緑の侵食を免れていた。柵の外には、白いセダンが停まっている。男の車なのだろう。年式の古さに、俺は彼の生活を思った。

甲高い音を立てる門を開けて、男は先に庭に入った。

「どうぞ」

男の声は錆(さ)び始めた金属のように掠れている。この響きは老いのためではなく、酒やタバコに声帯を焼かれたせいだろう。夜の街にはこういう声の中年が男女問わずいたが、この男が村田菜々子の父親だとしたら、肉体を虐めてまで現実を忘れようとしたのだろう。

庭の奥へ進む男を直視するのが苦しくて、俺はわずかに目を逸らしながらついていった。

「中ではないほうがいいでしょう。こっちで話しましょう」

不自然に強張った話し方は、俺たちが何者であるかを知っていると物語っていた。

青いシャツの背中を追って進み始めたとき、大橋が強く俺の腕を引いた。俺が振り返ると、大橋は血走った目で訴えた。

「戻ろう。村田菜々子の父親なんて――」

俺はひと睨みして黙らせた。

青いシャツの男は家の横へ回った。

こちらも緑が茂っていたが、柵の向こう側には海が見える。

男はテラスに置かれたイスを引いた。イスは古びた丸テーブルを囲んでいる。テラスと隣接する家側は全面ガラス窓で、今は内側にカーテンが引かれているが、かつては店の中と外を繋いでいたのだろう。

「何のお店だったんですか」

俺が尋ねると、男は答えた。

「パン屋です。私が作ったパンを売っていました。今ならイートインスペースというのか。

買ったものをそのまま食べられるように、ここにテーブルを並べていたんですよ。座ってください」

大橋よりも先に、俺はイスに尻を落ち着けた。生い茂った雑草が目に入る。テラスの周囲を覆う雑草は、庭を緑の海のように見せていた。

視線に気づいて、男が言う。

「いくら除草しても間に合わなくてね。もう放りっぱなしです」

「もうすぐ寒くなりますから、そうすれば枯れますよ」

「そうですね」

俺たちが穏やかな会話をしていたからかもしれない。

大橋も、そろそろと俺の隣に腰を下ろした。

「私は村田シンジロウといいます。菜々子の父です」

「えっ……」

隣に座った大橋が息を呑んだ。

「俺は鮫島、こっちは大橋です」

村田シンジロウの目が光った。

鮫島の名前はもちろん、大橋の名前も知っているのだろう。

「先ほどもお話ししました通り、俺たちは村田菜々子さんの死に関わりがあります。菜々子さんの墓前に謝りたくて、俺たちはここに来ました」

「関わりというのは？」

村田の掠れた声がかすかに揺れ、俺はふと不思議な心地になった。何かが意識に引っかかったのだ。だがすぐに、その感覚は遠ざかってしまった。

「村田菜々子さんが亡くなった夜、俺たちもそこにいました」

大橋の手が、テーブルの下で俺の袖を引いた。俺は気づかないふりをした。

「亡くなるときまで、という意味ではありません。あの、警察からはどんなふうに聞いていますか？」

村田は口を閉じ、俺を見つめた。そんなことを語らせるなと訴えているようだった。

「……ビルの中で、俺たちも途中まで、一緒だったんです」口ごもりながら続けた俺の足を大橋の爪先がつついた。今度も俺は無視した。「そのあとで、ああいうことに――」

「菜々子は自分でクスリを飲んだのか？」

村田の声が厳しさを帯び、俺の背筋が伸びた。静かな怒りだが、研ぎ澄ました刃物のような迫力がある。

大橋は俯いている。汗が皮膚を離れ、空中で光りながら落ちた。

「いいえ。俺たちが無理やり、酒と一緒に飲ませました」

村田は吐息し、顔を撫でた。

長い沈黙。

村田が何を考えているのかわからなかったが、俺は話が佳境に入りつつあることを感じていた。

このあとの展開で、俺たちだけでなく相良の運命も決まる。

村田は瞬きを繰り返し、深く頷いてから顔を上げた。目には涙が溜まっていた。

「どうして謝りに来たんだ。今になって。何かきっかけでもあったのか？」

俺はどきりとした。当然、相良からは質疑応答の指示は受けていない。どう答えるか、自分で考えなければならない。

「……菜々子さんにひどいことをしたとき、もう一人、仲間がいました。シミズアキナリという男です。そいつは死にました。俺もちょうど、人生をやりなおしているところで。区切りをつけたくて来ました」

大きな音が、俺の隣から聞こえた。大橋が立ち上がり、その拍子にイスが倒れた音だった。

大橋は走り出した。物音に驚いた鳥のように腕を振って。

「おいっ」

追いかけようとした俺の膝がイスに当たり、鈍い音を立てた。その一瞬、俺の視界を人影が駆け抜けた。

村田は大橋の後頭部を一撃した。

声もなく大橋が倒れる。

村田が向き直り、俺は反射的に後ずさった。だが村田はすぐさま俺にのしかかり、俯せにして首に腕を回してきた。

抵抗する間もなく腕が喉に食い込んだ。遠慮も容赦もないが、感情に任せた粗雑な力とは違う。的確に、俺の脳に血液を運ぶ血管だけを塞ごうとしていた。

「安心しろ。まだ殺さない。聞きたいことがあるからな」

男は囁いた。同時に、俺の内側に閃きが走った。信じられない確信だった。

まさか。そんなことがあるはずがない。

アルコールとニコチンに焼かれた燃え滓（かす）の下、わずかに残ったなめらかで深い響き。さっき俺の心に引っかかったもの。

琴平隆一の声。

俺の意識は電源を切るように断たれた。

目が覚めた瞬間、俺は深く息を吸い込んだ。もしかしたら本当に呼吸が止まっていたのかもしれない。体中が酸素の到来を喜んだ。

顔を動かすと、鋭い光に目を焼かれた。瞬きを繰り返し、静かに瞼を開けると、やっと周囲の状況を理解することができた。

俺は畳の上に転がされていた。横向きだったので、荒れた藺草（いぐさ）の感触が頬に食い込んでいる。埃とカビの匂い。砂壁が、斜めに差し込む陽光にきらきらと輝いている。手足を動かそうとしてみたが、ビニール製の紐でしっかりと縛られていた。

視線の先に光を通しているカーテンがあった。裾はほつれており、新しいものではない。光の色からして、気を失っていたのはそんなに長い時間ではないようだ。

窓と俺のあいだに、大橋が転がっていた。こっちも手足を拘束されているが、大橋の両腕もうしろでひとつに束ねられている。俺に背中を向けているので、結び目が見える。

物音は聞こえない。

俺は全身の神経を尖らせて、あたりの気配を探った。

「大橋」囁きに収まる、最大限の声量で呼びかけた。「聞こえるか」

大橋の体がびくっと震えた。

「えっ、え？　何――」

「黙れ」牽制に、大橋は縮みあがった。「俺たちは捕まったらしい。なんとかして逃げよう。でもその前に、訊いておきたいことがある。村田シンジロウ――村田菜々子の父親は、死んでるんだな？」

大橋の肩が、頷きの速度に合わせて揺れた。

束の間、俺は瞑目する。大橋は村田家の墓誌を読んでいた。早死にの家系だと言っていた。こいつはそのなかに、村田シンジロウの名前も見つけていたのだ。だから俺に何かを訴えようとしていたのだろう。

あの男は誰なのだろう。気絶する寸前に手に入れた直感は、間違いかもしれない。だがいずれにしても、まずはここから逃げ出さなくては。

「拘束は解けないか？」

大橋はもがいたが、その動きはめちゃくちゃなもので、紐が緩む気配はなかった。

「待て。俺がやってみる」

うしろで縛られている両手でなんとかできないか考えてみたが、どうやら無理そうだ。俺は仕方なく、大橋の足首を束ねているビニール紐に、おなじく拘束されている自分の両足の指を引っかけた。ビニール紐を下ろそうとすると、食い込んだのか、大橋が悲鳴を上げる。

「黙れ。我慢しろ」

大橋は喘いだ。

「……あいつは誰なんだ。なんで、俺はこんな目に。今更……」

大橋の泣き声を無視して、俺は拘束を解く作業に集中した。力をこめているうちにビニール紐をずらすことに成功したが、踵に引っかかってしまう。

大橋は苦痛を堪えている声で続けた。

「幽霊なのか？　死んだ男が、どうして現れたんだ」

俺は少しだけ笑った。

「死人は怖いぞ。あいつら、悪巧みをするからな」

ビニール紐が大橋の踵を通過した。あともう少し下げれば、あとは大橋が足をばたつかせれば抜ける。

そのとき、窓のカーテンが揺れた。

俺たちは二人とも息を呑んだ。

窓が開いているから風が吹き込んだのだ、とは考えられない。なぜならカーテンのうしろから、影のようにのっそりと、一人の男が姿を現したからだ。

「死人は話すことができない」

現れた男は仄暗い声で言った。村田シンジロウを名乗る男。やはりその声の底には、琴平とおなじ響きがある。

「だが、誰かが代わりを務めることはできる」

男は窓脇に座り、右手に握ったものをちらつかせた。細長い刃の包丁である。

「おまえらは村田菜々子をどう見た？　ただの獲物だと、一人でいるから狙われるのだと、笑ったか？」

大橋はパニックを起こしたのか、途切れ途切れの悲鳴を上げてのたうちまわった。

俺は男の視線が大橋の足元に行かないように祈りながら男を見つめた。

「菜々子がなぜ夜の街を歩いていたか、想像したか？」

「何言ってんだ。幽霊が喋るなっ」

叫んだ大橋のほうへ、男は顔を向けた。

「村田菜々子は十三歳のとき、母親の恋人に殺されかけている。菜々子の母親は村田シンジロウと離婚し、新しい男を作った。その男が菜々子に手を出した。菜々子は抵抗してアパートを逃げ出した。寒い夜のことだ。外には誰もいない。追いついた男は菜々子を殴り、首を絞めた。だが、ある警官が彼女を助けた」

目の前が、殴られたようにぐらついた。

「警官が村田菜々子を助けられたのは偶然じゃない。その警官の自宅が、村田親子が暮らすアパートの近所でね。警官の妻が村田菜々子の様子に気づいて、夫に報告していたんだ。だが明確な虐待でない限り、児相の介入は期待できない。警官はせめてできることをと、その少女を気に掛けていた。だからぎりぎりのところで助けられたというわけだ」

男の声はだんだんと低く、静かになっていった。深い声は激昂とは程遠く、子守歌のようでさえある。俺は意識して男の顔を観察した。しなびて、輪郭が崩れた顔。あまりの変わりようにそう思って見なければわからないが、目元にはまだ〝籠（ケージ）〟越しに見た精悍な男の面影が残っている。なによりこの声と抑揚は、相良の父親のような刑事のものだ。しかし、あいつは死者であるはずだ。

「その後、菜々子は父親の元で暮らし始め、自分の人生を取り戻すために頑張った。父親が経営するパン屋だって裕福じゃない。大学への進学費用を作るために、夜遅くまで、高校生ができるアルバイト時間の限界まで働いて、交通費を節約しようと徒歩で帰った。遊んでたんじゃない」男は頭を振った。「たとえ遊んでいたとしても、おまえらのおもちゃにされていい人間なんかいない」

「知らない、知らなかったんだ」大橋は畳の上でばたばたと悶えた。

　その足からビニール紐が抜ける。

　男は包丁の刃を見つめながら続けた。

「この仕事は嫌なことばかりだ。誰かが死なきゃ逮捕できない。できても司法は犯罪者に甘い。出世のために口を噤む同僚。病んでいく仲間。殉職するやつだっている。でもたまに、いいこともある。人の命を助けられるときが。なのに俺たちの——警察官の喜びを、おまえらゴミが台無しにする！」

　大橋が雄たけびを上げて立ち上がった。

　彼が自由になっていたことは、男にとって本当に計算外だったのだろう。男ははっと顔を上げると、突進してくる大橋を突き飛ばす姿勢を取った。老いていても素早い動作だった。だが加勢した俺を避けられるほどの力はない。

俺は床を這うようにして、男の足に体当たりした。

「逃げろ、大橋！」

大橋が俺の言葉をどう聞いたのかはわからない。ともかく彼には、仲間を助けようという仁義は備わっていなかった。ばたばたと床を蹴る音、カーテンがひらめき、男の怒鳴り声。包丁で刺されまいと、俺は身を捻った。

畳を蹴る音は乾いたベランダのきしみに変わり、それが途切れたあと、叢が重たいものを受け止める音に変わった。そのまま、大橋は走り去ったのだろう。草を掻き分けるノイズは、風の音とほとんど聞き分けられなかった。

男が吼え、俺にのしかかってきた。

振り上げられた包丁が光る。逃げようとしたが、男に押さえられていて頭を振るのが精いっぱいだった。

「やっ……めろ！　止せ！」

俺はなんとか声を絞り出した。頭蓋の中で左右に揺れる脳が、ひとつの幻影を紡ぎだしている。品のいいスーツ姿、温かな微笑。相良の信頼を受け止める、あのやさしい声。

男の手が振り下ろされる寸前、俺は叫んだ。

「――琴平さん！」

喉元まできていた刃が、止まる。

驚愕する男の顔に向かって、俺はもういちど呼んだ。

「琴平、警部補……。なのか？」

俺の目尻を涙が滑り落ちた。生理的な涙だ、きっと。いや、違うのか？

「なんであんたが、人を殺そうとなんてするんだ……」

自分で言って可笑しくなる。

どう考えても真っ先に言うべきは、「なんであんたが生きてるんだ」だろうに。

直後、別の声が割って入った。

「僕もそれが知りたいんです。いいえ……知りたくないからここまで来た」

相良だった。

＊

部屋のドアを開けた僕を、室内の二人は呆然と見つめた。

及川の眉間に包丁を突き付ける琴平さんの姿に、思わず奥歯を噛む。

「迅君」

耳に入れたイヤホンからもう一人の琴平さんの声が聞こえ、僕は我に返った。

「彼を離してください」

呼びかけると、本物の琴平さんが素早く立ち上がった。

「相良君？　どうして君が」

「その人は鮫島雄大ではありません。及川将宗、僕に雇われている男です。本物の鮫島は、相変わらず行方不明のままですよ」

本物の琴平さんの顔が曇り、及川を素早く見た。

僕は続けた。

「清水了也（しみずあきなり）の遺体が川崎市内で発見されました。後頭部を鈍器で一撃され、ほぼ即死の状態で」

及川が「えっ」と叫んだ。彼には交通事故死だと伝えてあったから無理もない。

「犯人の目星はついていません。公には」

「……相良君」

「けれどもただ一人だけ事件を予測していた人がいます。それは琴平さん、あなた自身です」

僕はゆっくりと自分の隣に目を向けた。

もう一人の琴平さんは静かに、七十歳になった自分を見つめている。三十年前、僕の両親を連続殺人犯から守った頃の姿のままで。

「あなたにも覚えがあるはずです。有能な刑事の思考パターンを、参考資料にするために保存したプロジェクトがあったでしょう。それはのちに、往年の刑事たちを人工知能化して実際の捜査に参加させる計画へと進みました。この人工知能が使用されるのは、本人の死後、遺族の許可を取ったうえで。もしくは、退職する本人が警察を去るときに許可した場合。あなたは使用許諾書にサインをした。だから、僕の隣には今、もう一人のあなたがいる」

本物の琴平さんの目が僕の左隣を探り、唇が震えた。皮肉な笑みが浮かび、ゆっくりと頭を振る。

「あんなもの、ただの機械だろう――」

イヤホンから唸り声が聞こえ、僕は話を再開した。

「起動した人工知能には、本人のその後の情報を与えます。人工知能には、思考パターンを採取されたときまでの記憶しかありませんから。あなたの人工知能にそれを行ったところ、彼は僕に会いたいと申し出ました。人工知能の琴平さんは僕に言いました。本物の琴平隆一が、村田菜々子の復讐のために犯人たちを殺害すると」

人工知能の琴平さんが深く頷き、本物の琴平さんは挑むように僕を睨んだ。

「琴平さんにはお子さんがありません。そして琴平さんは、去年奥様をご病気で亡くされている。本物の村田真二郎が、孤独に耐え切れないと遺書を残して自殺したのは去年のこと。二つの情報を与えられた琴平さんの人工知能は、自分自身の犯行を予言したのです」

僕は一歩、室内に踏み込んだ。

「でも、その時点では何ができるわけでもありませんでした。実在した刑事たちの人工知能を捜査に使うこと自体、確定してはいなかった。むしろ研究者たちは、人工知能が予見した自分自身の犯罪が現実のものになるかどうかを見たがった。人工知能の琴平さんは、僕と組んでその未来に備えたいと言いました。そのために僕は、特別捜査室の室長として科警研に籍を置き、人工知能の琴平さんと一緒に、実際の捜査に加わりました」

僕は及川を見た。肘で上半身を起こしながら僕を注視している。

「……計画を考えたのは矢本さんです。矢本さんも、亡くなる前に思考パターンを採取されていたから。矢本さんは、琴平さんが人を殺すとしたら、いちどに全員を手に掛けるようなことはしないだろうと言いました。一人ずつ、物取りの犯行や事故に見せかけて殺すだろうと。村田菜々子を襲った三人の誰かが死ななければ、動くことができない。そのためには三人を見張る必要がありました。大橋さんと清水了也はすぐに見つかった。でも鮫島は行方不明のまま。あるいはもう生きていないのかもしれない。そこで僕たちは、鮫島の身代わりを演じられる人間を探しました」

最後の言葉を言う前に僕は及川から目を背け、本物の琴平さんに焦点を合わせた。

本物の琴平さんは、手にした包丁の柄を何度も握り直している。

「そんなときに出会ったのが、今まであなたが鮫島だと信じていた及川君です。年齢と背格好、家庭環境共に、今回の計画に適していた。彼を巻き込んで二か月ほど経った先日、清水了也の遺体が見つかった。村田真二郎の死後、彼の親族にこの家の管理を申し出たことは調査済みでした。あなたが次に大橋を狙うことは明らかですから、そのまえに二人をわざとあなたのもとに向かわせたのです」

本物の琴平さんは肩を震わせた。泣いているようにも、笑っているようにも見える。

「私は餌に引っかかったというわけか。自分が蒔いた餌に……」

包丁を握っていないほうの手で僕の左を指さした。

僕はさらに一歩、進んだ。

「琴平さん。あなたを逮捕します」

本物の琴平さんの手首を捕えようと手を伸ばす。本物の琴平さんは素早く腕を引き、窓のほうへ後ずさった。

「この会話も映像も、すべて記録されています。僕と来てください」

僕はジャケットの下に手を入れた。有事に備え、今日は拳銃を携帯している。

本物の琴平さんは一瞬だけ考え込むように俯いたが、やがて深く息を吐き、顔を上げた。

淡い微笑みを、僕は諦めだと思って安堵した。

さらに近づいた僕の右手に、鋭い痛みが走った。本物の琴平さんが振るった包丁が、僕の手を傷つけたのだ。イヤホンから、僕の名前を叫ぶ声が聞こえた。

反射的に後ずさった僕の目の前で、本物の琴平さんは身を翻した。そのままベランダの手すりを飛び越える。真下は建物の裏側だ。僕はすぐさまあとを追った。

生い茂った草の上に着地した本物の琴平さんの頭上に飛び降りたが、逃げられてしまう。僕は琴平さんの腰にしがみつこうとした。だが腕に捕える寸前、脇腹を蹴られた。痛みのせいで動きが止まる。直後、目の前に白い光が迫った。紙一重で避ける。包丁の刃が空間を薙いでいた。

僕は拳銃を抜いた。

ほとんど同時に、右腕に熱い痛みを感じた。上腕に包丁が突き刺さっている。僕が腕を振ると、包丁の柄を握っていた琴平さんの手が離れた。僕は包丁を引き抜いて遠くに放った。刺されたほうの手が痺れ、拳銃が草の上に落ちる。拾おうと膝を折った途端、顔を蹴られた。

〝籠(ケージ)〟が吹き飛んだ。

「迅君、私の癖を知ってるだろ！」

イヤホンから聞こえた言葉が僕の記憶を蘇らせた。

体術が苦手な僕のために、警察学校時代、琴平さんが特別に訓練をしてくれたことがある。琴平さんは僕の動きには遠慮があると言い、克服するためには相手の痛みを想像するのをやめるように教えてくれた。組み合っているうちに、僕も琴平さんの癖に気づいたのだ。

本物の琴平さんは僕の拳銃を取らずに走り出した。向かう先には、海に面した柵がある。

僕は摑みかかった。

本物の琴平さんは振り向きざまに僕の胸に肘を入れた。僕は故意に受け、踏ん張って立ち続けた。本物の琴平さんは右腕を大きく振りかぶり、束の間、空中で動きを止めた。

連続した攻撃の際に一瞬の空白ができる。

それが琴平さんの弱点だ。

僕は拳を握り、本物の琴平さんの顔面を殴った。遠慮するなと、遠い昔、琴平さんから教わった通りに。

倒れた琴平さんを俯せにして腕を捻り上げる。スーツのポケットから手錠を取り出した。

琴平さんは喘いだ。

「やめろ、私は……刑事だった私が逮捕されるのだけは！」

感情を堪えるために僕は堅く口を閉じた。

人工知能の琴平さんと初めて対面し、本物の琴平さんが将来犯罪に手を染める可能性について聞かされたあと、彼はこう付け加えた。

――たぶん私は、全員を殺しおおせたら自殺するつもりだろう。途中であっても、罪が発覚して警察に追われるようなことがあれば。

それだけは防ぎたかった。

イヤホンは沈黙している。〝籠(ケージ)〟がない今、喋っても人工知能の琴平さんに届きはしないが、僕は告白した。

「あなたに死んでほしくないからじゃない。取調室に入るあなたを見るのは、僕だって嫌です。それでもあなたを逮捕するのは、それが刑事の仕事だからです」

両方の手首を捕えて、手錠を掛けた。

琴平さんはもがくのをやめた。

気配を感じて振り返ると、ビニール紐を外した及川が〝籠(ケージ)〟を手に立っていた。飛び降りたときについたのだろう草の切れ端が、服や顔にくっついている。何も言わずに〝籠(ケージ)〟を差し出して来たが、僕は受け取ることができなかった。

＊

話があると言って呼び出すと、及川はあっさりと了承した。

待ち合わせたのは隅田川沿いの公園。日なたをぶらつく及川を見つけた僕は、〝籠(ケージ)〟とイヤホンを外した。

「来てくれてありがとう」

近づいて声を掛けた僕に、及川は浅く会釈をした。

「いや、別に。店がこの近くだし。それで、何？」

「このあいだはゆっくり話していられなかったから、改めてと思って」僕は手短に、村田家から逃げた大橋が出頭し、過去の罪を告白したことを説明した。今さら罪に問えるかはわからない。だが大橋の心には、確かに後悔が生まれたのだ。「二か月間ありがとう。これは、少しだけどお礼」

封筒を差し出すと、及川は眉を寄せた。

「いらねえよ」

「どうして」

「……なんか嫌なんだよ」

まあ、そう言われるような気はしていた。僕は封筒をコートにしまい、及川と向き合った。

「それじゃあ、今日でお別れだけど、今後は悪いことはしないように。君の家族だってもう君のことを庇ってはくれないよ」

「わかってる」

「やけに素直だね」

及川は首を掻いた。

あちこち視線を彷徨わせながら、ぽつりと語る。

「……あんなもの見たら何もできなくなる」

「それなら良かった」

これは心からの言葉だった。

及川は照れた子供のように足元の砂利を蹴った。

「怪我の具合は？」

僕は右腕を動かした。神経が傷ついたのでまだ少し痺れがあるが、医者は完治すると言ってくれた。

「たいしたことない」

「心のほうは？」及川は一瞬だけ目を上げて、またすぐに伏せた。「平気なのか。本物の琴平を逮捕したりして」

「平気じゃない。でも、大丈夫だよ」

僕は本物の琴平さんが取調室に入る姿を見届けた。さすがに立ち会う許可は下りなかったが、取調室のドアをくぐるとき、本物の琴平さんは僕に言ったのだ。

——いい刑事になったな。

「あのさ、気になってることがあるんだけど」

瞬きをして、僕は笑顔を浮かべた。

「何？」

「あんたたちが戦ってるとき、俺、見てたんだけど。あんた拳銃を落としたじゃん。あのとき本物の琴平は、なんで銃を拾わなかったんだろう。銃だったら死ねたじゃん。あいつ、自殺したかったんだろ」

確かにそうだ。本物の琴平さんが部屋から逃げ、海に向かって走ろうとしたのは、たぶん飛び降りるため。包丁で自分を切りつけなかったのは、応急処置を学んでいる僕がそばにいるときにやれば、助かってしまう可能性があったからだろう。だが拳銃なら即死できる。

でも本物の琴平さんは、僕の拳銃を使わなかった。

その理由が僕の想像の通りなら、僕はこの先も彼を憎むことはできない。

「……咄嗟だったから、思いつかなかったんじゃないのかな」

こみあげてくる感情を堪えて笑う僕を、及川は不思議そうに見つめた。

「じゃあこれで。元気でね」

及川の返事を待たずに、僕は踵を返した。歩き出したところで「なあ」と呼び止められる。

「うん？」

及川はまた足元の砂利を蹴っていた。

「もし、また俺に手伝えることができたら言ってくれ」

「え」

「何でもする。俺、たいしたことしたわけじゃないけど。それでも俺が力を貸して、事件を解決したりできるなら」及川は顔を上げて、まっすぐに僕を見た。「うまく言えねえけど、すごくいいことだと思うんだ」

僕は驚きと共に及川を見た。何か言おうと思ったが、僕もふさわしい言葉が出て来ず、ただ頷いて背中を向けた。

公園を出たところでイヤホンを耳に入れ、眼鏡型の端末を掛けた。琴平さんの姿が僕の隣に現れる。いつものスーツを着た、逞しい姿。凜と前を向く横顔。

〝籠（ケージ）〟の中の琴平さんと、僕は仕事に戻る。

この作品はフィクションで、実在する個人、団体等とは一切関係ありません。

本書は書き下ろしです。

中公文庫

CAGE(ケージ)
——警察庁科学警察研究所特別捜査室(けいさつちょうかがくけいさつけんきゅうじょとくべつそうさしつ)

2020年3月25日　初版発行

著　者　日野(ひの)　草(そう)

発行者　松田陽三

発行所　中央公論新社
〒100-8152　東京都千代田区大手町1-7-1
電話　販売 03-5299-1730　編集 03-5299-1890
URL http://www.chuko.co.jp/
DTP　平面惑星
印　刷　三晃印刷
製　本　小泉製本

Published by CHUOKORON-SHINSHA, INC.
Printed in Japan　ISBN978-4-12-206858-2 C1193

中公文庫既刊より

各書目の下段の数字はISBNコードです。978－4－12が省略してあります。

い-127-1
ため息に溺れる 石川 智健
立川市の病院で、蔵元家の婿養子である指月の遺体が発見された。心優しき医師は、自殺か、他殺か――。見えていた世界が一変する、衝撃のラストシーン！
206533-8

い-127-2
この色を閉じ込める 石川 智健
人食い伝説を残す村で殺人事件が発生。住人の口から上がった容疑者の名は、十年前に死んだ少年のものだった。恐怖度・驚愕度ナンバーワン・ミステリー。
206810-0

た-81-4
告解者 大門 剛明
過去に殺人を犯した男・久保島。補導員のさくらは彼の誠実さに惹かれる。その最中、新たな殺人事件が発生。告解室で明かされた衝撃の真実とは――。
205999-3

た-81-5
テミスの求刑 大門 剛明
監視カメラがとらえた敏腕検事の姿。手には大型ナイフ、血まみれの着衣。無実を訴えて口を閉ざした彼に下る審判とは？ 傑作法廷ミステリーついに文庫化。
206441-6

た-81-6
両刃（りょうじん）の斧（おの） 大門 剛明
未解決殺人事件の犯人が殺された。容疑者は十五年前に娘を殺された元刑事。事件の裏に隠されたあまりに悲しい真実とは。慟哭のミステリー。文庫書き下ろし。
206697-7

ほ-17-6
月光 誉田 哲也
同級生の運転するバイクに轢かれ、姉が死んだ。殺人を疑う妹の結花は同じ高校に入学し調査を始めるが、やがて残酷な真実に直面する。衝撃のR18ミステリー。
205778-4

ほ-17-10
主よ、永遠の休息を 誉田 哲也
この慟哭が聞こえますか？ 心をえぐられた少女と若き事件記者の出会いが、やがておぞましい過去を掘り起こす……驚愕のミステリー。〈解説〉中江有里
206233-7